KB124067

문학과지성 시인선 598

순진한 삶

장수진 시집

문학과지성사

문학과지성사에서 펴낸 장수진의 시집

사랑은 우르르 꿀꿀(2017)

문학과지성 시인선 598

순진한 삶

펴낸날 2024년 3월 4일

지은이 장수진
펴낸이 이광호
주간 이근혜
편집 이주이 방원경 김필균 허단 윤소진 유하은
마케팅 이가은 최지애 허황 남미리 맹정현
제작 강병석
펴낸곳 ㈜문학과지성사
등록번호 제1993-000098호
주소 04034 서울 마포구 잔다리로7길 18(서교동 377-20)
전화 02)338-7224
팩스 02)323-4180(편집) 02)338-7221(영업)
대표메일 moonji@moonji.com
저작권 문의 copyright@moonji.com
홈페이지 www.moonji.com

ⓒ 장수진, 2024. Printed in Seoul, Korea

ISBN 978-89-320-4257-2 03810

문학과지성 시인선 598

순진한 삶

장수진

시인의 말

당신은 나중에
태어날 거예요
불가해한 영혼을 지닌 채
바다로 뛰어드는
마지막 인간을
보기 위해

홀로 남은 당신은
아름다운 신의 머리칼 속에서
스스로 움직이는
해변을 본 적이 있죠

2024년 3월
장수진

순진한 삶

차례

2부 순진한 삶

해설

1부
전율과 휴식

불과 장미

마당은 얼마나 아름다울 수 있을까
서서 노래하는 이를 죽일 수는 없어서

아몬드처럼 몸을 말아
잔디를 누른다

휘파람을 불면 장미는 이상하게
불타고

누가 미칠 것인가

과연,
파티에는 도전적인 측면이 있지

밤의 기원

긴 여행 끝에
눈의 흰자마저
검게 타들어간 그들은
허겁지겁 기도를 올린 후
목을 축이듯
불을 삼켰다

불에서는 천궁의 향이 났다
캄캄한 달콤

작은 불길과 함께
혀가 치솟았다 사라진 자리에선
달이 부풀었다

낮의 풍경이 지워진다

밤은 미래보다 얼마나 오래된 것인가

그들은

장식성을 배제한

단순한 합창으로

회당을 울렸다

전율과 휴식

가난한 인간들의 발 사이로
내려앉은 새떼가
땅에 정수리를 댄 채
그대로 목을 누르며
모조리 죽어버릴 때

삶이 본질뿐이었을 때
그리고
누군가 결단할 때

창공이 얼마나 푸르렀는가

하늘을 열어
파도에 굴러가는
새의 머리를 보았다

새들의 동공 속에선
날카로운 시침이 돌고 있었다

정교한 비탄과 미니멀한 묵시록들

기중기에 매달린 중산층 모임

순한 봄밤
절벽에 몸을 고정한 산양은
옆을 본다

마법도
거인의 근육도 없이
허공에 떠 있는 한 무리의 사람들을

하늘에 펼쳐진 양고기 전문 레스토랑

테이블 위에는
기포가 올라오는 샴페인 잔 사이로
거뭇한 양구이가 놓여 있다
친, 친 잔을 부딪으며
먹고 마시는 사람들

야들야들하군요

그들은 활기가 넘쳤다

우연히 산양과 눈을 마주친 누군가 말한다

기계 참, 멋지군요

그들은 분절된 양의 몸통을 이어 붙일
상상력이 없고
그런 종류의 루틴과 일생은
어떤 언어를
영원히 삭제시킨다

산양은 절벽을 찢는다
때론
낮과 밤을 뒤섞어 푸른 계단을 만든다

악마는 시를 읽는다

악마야
나랑 놀자
우리는 무직이니까

다가오는 아침을 죽여줘
푸른 공원을 잿빛으로 만들어줘
비가 멈추지 않았으면 좋겠어
질리고 질릴 때까지
맑은 날이 올 거라는 믿음과 기대가
마음을 조금씩 파먹어서
괴롭고
떨떨해지고
조바심이 나서 죽겠을 때까지

뉴스나 라디오를 틀어도 아무런
소식이 없어 무섭고 좋고
쫄쫄 굶어 온몸의 모든 것이
다 빠져나가
졸도해버릴 때까지

16

생의 기쁨과 행복이 단순히 비 때문에
완전히 무너져 내렸으면 좋겠어

중대하고 심오한 비극이
있을 리 없잖아

겁먹은 개

뉴리iuːoiety jkasjlaojfslkdnf ㄴ 아 ㅗ ㅑ ㅊ ㅁ ㅇ ㄹ ㅣ

도망쳐

먼지가 너무 많아
안개가 자욱해
사랑을 멈출 수가 없어
지옥이 쏟아져

난 하루도 빠짐없이 너에게 우유를 먹이고
첼로를 연주할 거야

보호와 교육

씻고 머리를 땋고
양말을 신고
동 동 동 동
오늘 만날 친구를 상상하고
적당히 미지근한 감자수프를 먹곤
리본에 목이 졸린다

씻고 잠옷을 입고
밤의 노래를 하고
내일 만날 선생의 얼굴을 떠올리고
속이 쪼그라지도록 뜨거운 우유를 마시며
밤새 미소를 짓는다

성실한 삶
미래를 연습하며
밤 별의 이름을 짓는다
죽은 동물의 눈망울들
삶을 잘 모르는
비길 데 없이 소박한 마음들

푸른 둔덕에서 미끄러져 내려오는 망아지와

음머…… 음머…… 음악이 아닌 울음들

개헤엄

아파트나 카페가 없는 물속.

해 질 녘, 젖은 빛 속으로 헤엄쳐 들어간다. 물에 던져진 개처럼. 가끔 뒤를 돌아 증식하는 갈비뼈 모양의 파문을 본다. 힘의 흔적들을. 어렴풋이 들리던 사람들 소리가 들리지 않을 무렵, 나는 물을 껴안고 물을 할퀴고 온갖 욕설과 사랑을 퍼부으며 힘을 뺀다.

가라앉는 럭키들.

삶보다 죽음을 먼저 알아버린.

그는 프롤로그이며 에필로그이고

그는 군중이다
프롤로그이며 에필로그이고
자전거를 타는 사람이며
자전거를 버리는 사람이다

구두와 우산 수선공이며
학자이며
늙은 소년이다

그는
아무것도 훔치지 않고 생각에 잠기는
느린 소매치기이다

그의 호주머니에는 동전이 여러 개 있고
재킷 안주머니에는
결혼 행렬을 그린 그림이 있다
가방에는
닭 털과, 디즈니 빈티지 애니메이션 필름
전선들, 아레나 50주년 클래식 수영모와

『유머니즘』이라는 마음사회학 책 한 권이 있다

그는 어느 날 싸구려 꽃을 사 와
물병에 담그는 사람이며
미소를 띤 채 누군가를 성실히 간호하고
억울함에 사로잡혀 오이를 써는 사람이다

그는 익숙한 사람이다

엉망이고
더럽고
사랑스럽고
자유로우며
잔혹하다
인간의 모든 걸 갖추었다

다만 시는 차곡차곡 쌓여
그 자리에 서 있는 것이다

무사

날씨 이야기를 하는 듯하더니
점심 얘기로 넘어가서
노래를 한 곡 띄우고
음울한 편지를 읽어준다

베토벤 씨에게……
저는 청주 사는 나비 엄마입니다.
오전엔 보통 주전자에 물을 끓이고
오후엔 자전거를 타고
수영을 다녀오죠.
아무 소리도 듣고 싶지 않아서요.
수영장은 인사 없이
체력 단련만을 하는 사람들로 북적입니다.
제토벤 씨는……괜찮은가요.
오늘은 밖이 조용하네요.
안녕히 계세요……

위로를 하는가 싶더니
항공권을 보내주고

타지마할에 가보라고 한다
인도의 남쪽 자무나 강가에 자리 잡은 묘지라는데
수로에 머리를 떨구면
물결이 얼굴을 묘사해준다네
모두들 놀란다네
미륵보살의 감은 눈, 괸 손처럼
간결하고 평화로운 선이
마음을 데리고 흘러간다네
마당을 쓸 듯

빛이 없어도
병들어 구부러져도

얼굴이 없어도

무사하다네

강을 따라 생선을 먹으러 갔다

배에는 소네트가 있었고
노 젓는 이는 없었다

레스토랑에 도착하니
정장 차림의 웨이터가 있었고
그의 손을 그리는 손님이 있었다
음식은 먹지 않았다
여느 식당처럼 잔잔한 클래식이 흘러나오고
주방에서 생선을 죽이는 소리는
들리지 않았다

실수를 했다
신에 흙을 묻혀 온 채
음식에 몰두한 것이다

웨이터가 무릎을 꿇고
신을 닦아주었다

막사의 시간

우연히 만난 고양이는 접시를 핥고 있었다
다가가니 머그잔처럼 몸을 웅크렸다
이렇게 작아지다니

아이가 붉은 시클라멘을 꺾어 페인트 통에 담그곤
꽃의 색을 지웠다

그 폴란드인이 죽었다
2층 침대 위에서 뻗어 나온 앙상한 손목을 보자마자
모두가 알아챘다

투명한 수용소의 천장

하늘
짐승 같은 추위

당신은 당신의 것

아니, 아니오
라고 말하는 새는 새가 아니었을까
자정 막차 앞을
말처럼 달리던 고양이 있었고
신을 신은 개도 있었고

그런 거리에선
사람들이 바지춤 아래로
영혼을 흘리고 다니지

새
타인의 영혼을 밟을까 띄엄띄엄 걷는

그대는 날아갔지

모르는 숲의 덤불 위에 누워
엄마의 가느다란 목과 주먹을 떠올렸네
잘 알고 있던 가족의 역사를
얼룩덜룩한 가슴을 두드리며

아악, 아악 돌을 토해내던 엄마

그때 돌아가셨던가
그때 아름다우셨던가

잘근잘근 씹은 사랑을 뱉어
올먹이는 당신의 입속에 넣어주었지
어렸을 적, 단 한 번

슬픔은 뒤룩뒤룩 살이 쪄서
당신은 마르고 구겨진,
뒤척이는 아이가 되었어

이것은 장례입니까
무한한 노래입니까

아니, 아니오
당신을 사랑한 적이 없었소
라고 말하는 것은 거실의 일

옛날은 사랑의 것
당신은 당신의 것

사랑은 거실의 것

그대는 좋은 땅에서 난 올리브유를
거실에 남겨두었네
신선하고 푸릇한 빛과 건강을
당신은 그 사실을 모르고
거실엔 볕이 잔뜩 쏟아지고
단순하고 복잡한 사실들

늘 커다란 해가 뜨죠
아침마다 하품을 하고 기지개를 켜는 대신
해를 한 스푼씩 떠먹을 수 있다면
건강이나 좋은 죽음을 기약하지 않는
먹음
그런 끝은 예술영화에나 나오는 것이라면

물건으로 둘러싸인 거실을 운운하는 것이 사랑이라면

저 언덕이 흘러내려도

더 무서워도 나는 좋습니다

기다리고 있습니다

빛의 방문

오후. 산 너머의 태양은 어느 더운 나라의 이름 모를 여성이 짠 조각보처럼, 보기에 따라 간절하고, 아름답고 슬프다. 빛은 켠희를 포함한다. 물이 틀어진 싱크대까지도.

켠희의 발목이 팬다. 빛과 물속에서. 켠희는 휘어진다. 아무도 오지 않는다. 거실엔 켠희뿐이다. 먼 나라의 여인은 쉬지 않고 조각보를 만들고, 태양은 모든 우발적인 순간들을 환희 비춘다. 점점 물컹거리는 켠희의 다리. 고관절, 배, 견갑, 쇄골, 뒤통수. 켠희의 가느다란 몸은 썩은 물이 되어 거실 바닥에 졸졸 흐른다.

켠희는 이곳에서 오래선 사랑하던 소년과 긴 대화를 나누었다. 오후의 빛이 거실을 비추고, 자신은 선인장을 돌보고 있다고 느끼던 창가에서.

로 콘트라스트

어쩌다 악몽을 꾸는 새들이
불에 덴 듯 목덜미를 꺾을 때마다

남편은 내게 와
더운 천으로 목을 감싸고
얼굴을 쓰다듬어주었다

여보, 침실에 새가 너무 많아요
이를 어쩌죠

내가 물으면

그는 곧 눈물이 터질 것 같은 얼굴로 내게 말했다

새가 없다면
난 당신을 새로 착각하고 창문을 활짝 열고 말 거예요

침실에 눈이 내린다

달의 표적

나는 느긋하게 걸었다

교회 종소리가 울려 퍼지면

버려진 빵을 소중히 갉아먹는
부랑자처럼

힘없이 싸우고 싶어 하는 들개처럼

새들의 무덤을 찾았다

통곡의 나무*

귀하는 쓰러진 미류를 바라보며 어두워집니다
극점에 도착한 새들은 오래 버티지 못합니다
언 모가지를 비틀며 끼룩끼룩 죽어가죠

인공 무지개를 따라 작은 얼음들이 있고요
울음들이 있어요
죽은 점선들도요
다음은 귀하의 헛소리들이죠

눈이 옵니다
무섭게 와요, 코로 입으로

무전을 치기에는……
귀하의 늦음이 형무소 미류에 걸립니다

미류, 나무를 붙잡고 울었던
이제까지의 모든 몸들

* 서대문형무소에 있다.

진지한 행동

어느 심리학자가 이런 문제를 출제했다

1. 기르던 개가 우연히 집 앞에서 죽었다
2. 개의 주인은 아무도 모르게 그 개를 먹었다
3. 개가 맛있다는 소문을 들은 적이 있다

판단하시오

그들은 가난했나
먹을 것이 없었나
개를 사랑했나
소문은 사실인가
아무도 모르게 먹은 것이 과연 문제인가
이것은 찝찝함의 문제인가
당혹스러운가, 그들의 선택이?

포크를 휘두르며 이런 이야기를 떠들었더니
아버지가 탄진 묻은 손을 불 속에 넣었다
더러운 손을 닦기 위해

밥 먹는 일은 새벽녘이 돼야 끝날 것이다
감자 반 조각, 반의 반 조각의 차이를 세밀하게 느끼며
완전히 소진될 때까지 먹을 것이다

카펫에 엉겨 붙은 개는 몸을 일으키지 못한다

애정 어린 도살 퍼포먼스

사형장의 간수와 사드
그리고 그림
「꽃과 전구」
대상을 바라보는 사드의 얼굴에 빛이 드리우고
그의 늙고 푸른 동공이 적갈색으로 물든다
핏빛 파편들

사드는 말했다
꽃과 전구라……
이런 예술은
이런 수프와 치즈…… 같은 장면은 말입니다
분석을 해도 소용없고
그야말로 너도밤나무 밑에서 죽어가는
순록의 덧지라 같은 것이에요
냄새가 나요
눅하고 쿱한

그는 구경꾼을 향해
팔을 뻗는다

마치 무용 동작을 하듯
손으로 얼굴을 감싼 후
머리카락이 비극적으로 쏟아지도록
상체를 숙인다

죽기 직전
그림 비평을 하는 사형수와
그 곁에
클로드 모네의 건초 더미처럼 놓여 있는 간수를
그 장면의 모든 의미를 알지 못하지만
숨죽여 감상하는 관객들

그즈음 빛은 간수에게 떨어진다
사드는 마지막 헛소리를 한다

연극을 상상하는 자는
은젠가……
크리스마스 스웨터를 입은 개에게
턱주가리를 물리고 말 거요

그때 짖어라
오래된 바퀴가 장식된 거실 천장에서
내려다보아라

무섭게, 무섭게

광적으로 촉감이 예민한 자에게
간수는 커튼을 치듯 부드럽게 불을 드리우고
그는 사그라진다
육체의 모든 구간을 움직이며
아무도 연주하지 못할 흘러내리는 리듬으로

화해

목뼈를 세워 춤을 추는 여인들
헝헝 짖는 개와
여인의 다리 사이로 언뜻 보이는
백색 얼굴에 눈물방울을 그린 한 사내
웅크린 채

그대로 백 년

접시엔 종이 음식
세계의 모든 식기들이 빙글빙글 떠다니는

유령 9번가

몇몇은 모여 흑백영화를 본다
1940년대 도시 사투리를 쓰는 이 영화는
철없는 레지스탕스 청년 당원이
심심한 어느 날
껌 풍선을 불며 마을 변압기를 폭파한 후
구덩이에서 안 죽고 정원에서 늙어가는 이야기다

불꽃은 껍과 함께 길게 늘어났다

후일 청년은
지루하고 귀찮고 이상한
병에 걸린다

울며 자빠지고
자빠지며 울고
그냥도 자빠지는

길거리 상영관 앞에 모인 유령들은
사꾸사 자빠지는 흑백 인간을 보며
쯧쯧쯧
측은하게 여기지도
가혹한 마음을 품지도 않았다

누군가 말했다

저게 그 뭐야, 고통……이라는 건가?

아니, 아니야, 저건………

봄의 왈츠야!
왈츠츠 왈츠츠, 이렇게, 이렇게 말야

겟세마네의 바보 같아 너

유령의 벌어진 이 사이로
털 난 개망초가 활짝 터져 나왔다, 쉰내와 함께

유령들은 웃어졌혔다, 영원히

그런데 왜 웃었던가
영문을 몰라 울음이 터진다

아픈 사람

의사는 햇빛 쪽으로 내 의자를 돌린다

손으로 파란 콩을 비비며 말했다

오늘이 몇 월 며칠이지?
주소
생일을 말해봐

비비던 파란 콩이 없다

그래 그날
그렇게 태어났지
이렇게
저 신의 얼굴을 똑바로 쳐다보며

무덤, 신의 창고에서

신은
갈고리로

짓눌린 인간들의 목을 찍어
하나하나 끄집어내고 있었는데
누군가 끌려 나올 때마다
눈치 없이 숨이 톡, 터져 나왔지
살려고
바보들
사는 동안 한숨을
오옳지, 꿀꺽
삼키던 사람들

수국 가지를 치던 가위로
협곡처럼 굽이치는 힘줄을
음, 음,
야무지게 끊으며
아픈 건 영화가 아니야
편지의 내용도
아니야
굉장히 심플하지
나쁜 쪽으로

하며 살던 사람들

아이고 아버지
습관처럼 기도하고
감자의 껍질을 벗기다 기차를 놓치고
좁은 통로에 쪼그려 앉아 식은 감자를 먹고
창밖에 서정이 몰아칠 때면
온몸이 간지러운 사람처럼
자지러지게 깔깔대다
언제야
그다지 근사하지도, 풍요롭지도 않았던
한 시절 괜찮았다고
옛날만 생각하는

그들은 냄새가 났어
뒤숭숭한 전 내
재수 없게 다시 태어나며
괴팍한 신이
몸 깊은 관절에 숨어든 것도 모르고

전생이나 후생이나 모르는 건 여전히 완전히
모르고
그래서 등이 굽거나 다리가 굳거나
뇌가 부서진
그런 게 태어났지
나도
당신도
우린 참 못생겼지
그런데
신도 참
잣같이 생겼더군

어쨌든

미친 건 참 슬퍼
아버지나 어머니가 완전히
돌아버린다는 것
공주, 공주 하던 딸은
식물 되어

천년만년 휘어지게 자라고

의사는 파란 콩을 다시 비비며
마지막 말을 했다

어서 일어나
집으로 가

콩 콩 콩 콩
나는 화살표를 향해 점프한다

50

타입

그녀는 숲을 삼켰던 것 같아

말이 많고

사이도 많고

높낮이도 다양해

그리고 이루 말할 수 없이

복잡한 이야기를 하지

매우 상세하게

언제쯤 손에 든 커피를 한 모금 마실 수 있을까

틈을 엿보지만

끊을 수가 없어

그녀의 발설을

뒤엉킨 머리카락 사이에서

흠칫

여치 같은 것이 튀어 오르기도 하고

멋없는 갈색 바지를 입고

전봇대에 등을 퉁퉁 치며
퇴근하던 사람이 출근할 때까지
끝나지 않는 이야기를
영원토록 늘어놓는 그녀를 보면

저것은 나무다
인스타그램도 라면도 필요 없는

고 귀 한
멍 청 이

라고 나는 생각하지
사랑과 존경을 담아

가여운 눈보라

어쩌다 돌이 되었나
당신의 입은 아직도 뻐끔거리는데
갈비뼈 사이에선
젖은 흙이 포르르 떨어지고
벌레 문 자국도 여전한데

하, 여름 냄새

당신의 뜨거운 머리를 식히고
흙을 떨어내주는 건
깃발처럼
이불을 펄럭이는 아가씨
당신이 사랑했지

예뻤지
그런 말 싫어하는 예쁜 아가씨는
몇 없었지
그 아가씨 이불 속에서는 가끔
눈보라가 쳤는데

당신은 더운 돌을 한 아름 안고 땀을 흘리며
이쪽, 이쪽이에요!
은종을 쳤지

이불을 끌고 가보면
구멍 숭숭 뚫린 돌뿐이고
아가씨는 춥다며
멕시코 어딘가에 살아남아 있을
오래된 선인장을 그리워했지
유일한 온기가 그곳에 있었는데

가본 적 없는 광활한 농장과
사라진 농부와 그의 불편한 도구들과
피붙이들
힘차게 굽이치며 뻗어나갔을
선인장의 끝을 떠올렸어
떠들썩한 생활과 풍경을

그녀에겐 이불뿐이었으니까

대지는 서서히 흘러갔지
겨울은 결국 상상에 전 아가씨를 삼키고
뒤엉켜 휘몰아치는 그녀의 머리 뭉치에는
부서진 달 조각이 엉겨 붙었지

모든 눈보라 속에는 달이 있다네
적어도 당신은 본 적이 있을 거야

얼마나 아름다워
아무것도 아닌
이 모든 거짓말과 옛날이야기 들
아무도 듣지 않고 말하지 않는 보라색 눈보라 말이야

이불을 뒤집어쓴 눈보라는 돌에게 자꾸만 캐물었지
눈보라는 어떻게 죽을까?

돌은 거뭇한 흉터로 그녀의 발을 간질일 뿐

죽어서도 죽는 게 무서운

겁쟁이 아가씨,라고 말하지는 않았네

입속 스콜

포물선을 그리며 날아온 푸른 치즈가
나를 죽였다

죽고 싶은 건 당신이었는데 말이야
돌로 작은 화분을 맞히거나 갓 짠 우유를
식탁에 죄다 엎질러버리지 그랬어 실수인 것마냥
어벌쩡 놀라는 표정도 짓고

햇살이 부서지고 나무는 흔들려

2층 창문에서 고양이를 던져보았던가
날 수 있다고 상상하며

고양이의 온몸이 흩어지는 것도
상상은 안 가지 당신이 물에 빠져 죽기 위해
네 살 이후의 모든 삶을 계획적으로 운영해왔다는 사
실도

몸을 던지는 것

중얼거리는 입을 칼로 도려내
흰밥 위에 올려놓는 것은
확실히 비슷해
가장 이기적이고 잔혹한 방식으로
얼굴을 포기하는 거지

예쁜 여자
가벼운 것이라면 뭐든 던지는

너의 귀에선 버섯이 자란다
입가엔 곰팡이가 피고
푸른 치즈를 기르는 여자야
잊었는지 모르겠지만

당신은 길에 쓰러진 지 오래되었다
이는 울창하게 자라 입천장을 찌르고
입속에서 큰비가 내린다

물이 범람하면 다 이루어질 거야

단순한 공놀이*

1

조금 더 살 수 있잖아

6개월이래

테니스 치자

한 3개월 더 칠 수 있잖아

죽을 때 어떡해

쌍!

죽음 뭐지?

우리 만나, 죽어서?

사랑과 영혼? 고스트? 오 마이 러브 유어 터치!

응, 너의 머리털 만질 수도

2

나는 죽어

살면서 우리가 각자 본 개 중에 황구 몇 마리였을까?

3

자살을 위한 약을 처방해주는 흑인 약사, 그의 성실한
머뭇거림, 아침, 조식, 커피, 팬케이크, 통로, 빛과 보도블
록, 러너들

낡은 소파에 푹 잠겨
반복적으로 보는 홍콩 영화처럼
창밖의 회사원처럼
매일 보는 모르는 사람처럼

죽음

4

누구의 생일도 아닌 날
우리는 초를 꽂았지,
케이크가 무너질 때까지

죽는 게 좋아 이런 날
돈이 좀 있다면 비싼 떡을 사서

오줌 냄새 나는 매트리스에서
한 번쯤 떠오르고 싶기도 해

내가 죽어 네게 연락할 수 있다면
할까?
툭, 떨어지는 연필이나
굴러가는 공 같은 걸로?

바람만 불어도 너라고 생각하겠지, 난 아마

* 영화 「패들턴」(2019)을 보고.

할퀴

두 잔의 술
네 쪽의 뺨
등을 맞댄 채 비밀을 누설하는 사내들

진, 코냑, 아무거나 빨리 마시고

꺼져라

이쪽,
네 뭉개진 얼굴 말이다

그렇지 내 얼굴은 어제 불탔다
바로 어제
네가 무화과를 따 먹을 때
심심하니 심심한 사람을 죽이자
꼬드길 때
다시는 오르지 않을 망할 비탈길에서
기막힌 노을을 봤고
피곤하고

그래, 누구든 때려눕히고 싶었을 때

증오로 가득 찬 내가
실은 사랑의 잠재력을 지녔다고 쓴
백인 보안관의 편지를 읽으며
나는 불탔다

멋지지
흔치 않은 일이야
이런 종류의 개과천선이란

나는 너를 증오해
지금부터
나는 너를 사랑해

고민 중이야
내겐 야구방망이가 있고
손톱이 있고
총이 있어

내가 너를 쏘고
아직 죽지 않은 네가
내 불탄 뺨을 한 대쯤 갈길 수 있다면
누구의 기분이 더 더러워질까

할퀴,
나는 너를 할퀼 거야
음악이나 피아노를 사랑하는 미친놈이
건반을 두드리듯

당신을 어쩌죠

이제 당신 얘길 좀 해봐요.

난 서커스를 하지 않아. 중고차를 판매하지. 말했던
가? 사랑해. 금요일부터. 모퉁이에서 큰 가방을 메고 나
타나 화염병을 여섯 개? 그래, 네 개. 창이 박살나며 불길
이 치솟았지. 팡, 팡, 팡, 팡, 팡, 여섯 개가 아니라고? 정
말? 그래, 네 개. 난 서커스를 하지 않지. 모두가 내가 서
커스를 하길 기대하는 것 같아. 스페인의 한 거인이 서커
스로 떼돈을 벌어 당근밭을 샀다지. 난 당근이 싫어. 유명
해지는 것도. 소문 속에서 그 거인은 점점 더 키가 커졌
으니, 난 점점 더 키가 작아지겠지. 이해하겠어, 내 말뜻?
대신 난 네가 페인트 붓을 들고 사다리를 오를 때 사다리
두번째 칸을 잡아줄 수 있어. 난 손힘이 세거든. 혹시 당
근을 좋아해? 난 당신을 좋아해. 지난주, 지난주부터야.
당근이 아닌 당신을 좋아하게 된 건. 당신이 차분하게 화
염병을 던질 때. 당근은 화염병을 던지지 못하지. 그건 당
신만.

누가 아코디언을 연주하죠?

아무나, 아무나 다.

아니, 지금.

분명한 건 내가 아니라는 거지. 이토록 분명한 것이 또
있을까?

밀과 우커는 마주 보고 웃는다. 기분이 좋아진 우커는
텀블링을 하며 레스토랑을 휘젓는다.

카페 '편집'

고양이가 ㅈㅈㅈ
탄달까
화물칸의 화물이 변모한달까
의지를 갖고

골목 바깥에는 매우 큰 바다가
어떤 신화적 풍경도 기꺼이
떠받들 법한 큰물이
펼쳐져 있었다

그런 물은 욕망할 때마다 나타난다
안내 방송도 없이
무차별적으로
아름다운 것들은
대개 형벌이었다
후대의 사람들은 그곳을
성지라 부르며
멋진 바지를 입고 애인과 나들이 다녔다

불안을 '설렘'이라 기입한다
남편의 속옷에 부적을 꿰매던 엄마에게
록 가수 같은 옷을 선물한다
주렁주렁 치렁치렁 엄마는 엄마를 깔본다
깔깔깔, 자신을 비웃으며 용감해진다
어디든 갈 수 있다 이 꼴이라면,
파도야 쳐라
초조한 마음을 담배꽁초처럼 비벼 끈다
엄마는 손에 쇠 반지를 잔뜩 끼고 유언을 남겼다

"난 사실 미치고 싶었다, 늘 종이 한 장의 차이였다
난 미친 쪽으로 간다, 그곳의 세계가 이겼다"

다 망했으면 좋겠다
어느 소설가는
첫술을 뜰 때마다 그렇게 말했다
제대로 실패하기 위해
그는 영화를 시작했는데
대단히 성공했다 작가 나부랭이들이

서서히 망가져가는 동안
본격적으로 망했고 끝났다
그는 즐겼다 희망 없음을
그리고 끝나지 않는 이야기를 계속 썼다
이 세계에 어떤 이야기도 남기지 않으려는 의지로
자신이 없음의 왕이라는 사실을 증명이라도 하려는 듯
모조리 써버렸다

모든 이야기가 사라질 즈음 쓰는 나도 사라지겠지
그러나 이야기는 소설가에게 굴복당하지 않는다
그는 지옥 속에서 킹킹 웃으며
빛바랜 항구의 먹거리를 잔뜩 사 와
후배들에게 나눠 주곤 했다

우리, 소설처럼 죽을 수 있겠니
복잡 미묘하게, 어쩌면 단순하게
기괴하게, 산뜻하게
모두 마지막 페이지를 향해 가지
그것은 축복일까

단 한 번도
축복받은 인물을 쓴 적이 없는데
모든 말은 저 광포한 파도에 처박히는
구원의 기도와 고해성사일 뿐이지

내게 붙은 작디작은 벌레들
다시는 유년의 집으로 돌아갈 수 없는
문드러진 복숭아 같은 나의 무릎

하필 이런 장면을 썼을까

물과 대중가요는 끝없이 흘러가고
각종 머그잔이 티스푼과 부딪친다
여러 지역의 말이 뒤섞인다
그대가 안전하고 소란스러운 장소를 욕망한다면

사투리와 서울말이 뒤섞인
카페의 목소리를 따라가길 바란다

여행에는 압도적인 풍경이 필요하다
여행을 끝내기 위하여
태양은 평범한 카페를 부수며
가능한 한 수많은 파편으로
분열하고 있었다
세계를 각각의 장면으로
분절하기 위하여
새로운 편집점을 찾기 위하여
죽기 위해 태어난 사람들을 새롭게
등장시키기 위하여
쓸모가 다한 자들을 말없이
퇴장시키기 위하여

나는 카페에 앉아 있다
모두들 잘 살고 있습니까
그곳에도 파도가 칩니까
저는 파도를 봅니다
파도는 오지 않습니다
안전합니다

그게 문제죠

파도를 먹어버리는 카페 주인의 개가 이곳에 있습니다
개가 문지기입니다
허겁지겁이 개의 이름입니다

허겁지겁, 겁을 먹었구나
저 파도는 먹지 마라 한두 명 정도는
쓸려 가야 되지 않겠니
실종이란, 네 이름만큼이나 고귀한 단어란다
헤이, 허겁지겁, 서, 앉아, 예쁜 짓

문지기는 이번엔 파도를 먹지 않죠
의지를 갖고
파도에 쓸려 가는 주인님을 바라봅니다
헤이, 주인님, 예쁜 짓

문지기는 이제야 문을 엽니다

소설 인간

당신은 레스토랑 입구에
주차장에
자정을 넘긴 운동장에
싸구려 초상화가 즐비한
가을 나무 아래
비스듬히 서 있다
대중을 향하여,
당신은 말이 없다
다만 이것을 지녔다
모자에서 시작되어
구두까지 연결된 선과
검은 잉크로 뒤덮인 얼굴
수백 페이지로 나누어진 그 여린 심정
간결함을 넘어
고귀함을 선보이는 실루엣
타인을 바라보지만
여러 개의 소실점으로 멀어져가는
모조리 검은
작은

모자를 쓴 수상한 당신은
몸 어딘가에 비밀을 지녔다
재킷이 바람에 나부낄 때
누군가 쏜 화살에 피가 솟구치듯
빛이 뿜어져 나온다
화살을 맞은 자는
죽거나 웃기거나 둘 중 하나는 해야겠지만
이 소설은 그렇지 않을 테니까
당신의 작가는
심드렁하고
유식하고
반발심이 있으며
수상을 한 이력이 있다
무엇보다 말 없는 동식물을 좋아하지
많은 사람이 당신의 배경을 이루고 있다
달그락달그락 포크가 접시를 건드리는 소리와
나이 든 웨이터가 카트를 끌고 오가는 소리
무언가에 매료되어
동공이 확장된 사람들의 웃음소리가 뒤섞인다

그들은 당신의 등 뒤에서
그곳이 어딘지
동두천인지 텍사스인지 알려주지 않은 채
계속 소음을 발생시킨다
소설
싸라기눈, 곁눈질
소설
눈 속에 묻힌
얼어붙은 흰 개의 눈동자
소설은 춥다
당신의 검은 혀는 인간의 잇몸을 핥으며
인간을 모방하고
인간을 이룩하며
무구한 자를 살해하고
복잡한 자를 요약하며
만화 인간의 커다란 눈을
증오한다
인간의 눈을
그 여린 심정의

그 깊은 심연을

그리도 동그랗게 그리다니

당신은 그것을 용납할 수 없다

앙코르 TV문학관
──백발 기행

긴 머리, 긴 흰머리, 기이하게 오래된 머리
포구에서 방까지 닿는

짠 바람에 펄럭이는 상한 생머리

케이크를 뭉개듯
피부로 다가오는 부드러운 허무

배고파

남자가 머리카락을 따라 밥상을 들고 온다

여자가 물 끝에 앉는다
끝장난 장면에 놓인 칼처럼

식상한 감정이 물을 흔든다

물 밑으로 가요 더, 더 숨 막히는 곳으로
쌩긋 웃자

남자는 휘감긴다 물속으로

새, 파스타, 새, 파스타, 표정, 제비
물김치, 콩잎, 스펀지, 게무침, 하늘이 멀어진다

다음 날 점심
입에 리본을 문 시체 한 구가 들어온다
여자는 팬티 바람으로 드라이어를 사용한다

굵은 지네 한 마리가 여자의 뺨에 붙는다
지네가 인중을 지나는 동안
여자는 눈꼬리를 마저 그린다

여자는 지네의 다리를 하나하나 쓰다듬으며
포구에서 머리를 날린다

같은 날 밤
읍에서 온 군의관이 생니로 장식된
케이크를 들고 와 여자를 먹인다

영화를 만드는 법

창밖에 흩날리는 백지들
천사의 배꼽에 대해,
태어나지 않은 달팽이에 대해,
침묵한다
아무도, 아무것도 쓰지 않는다
영화가 시작된다

그는 약국보다 오래되었다
약국보다 단순했고
약국보다 단정했지
사람들을 만났고 안부를 물었고
수도가 고장 난 집에 들러
주인이 내주는 중국식 잎차를 마시곤 했다
그는 수도가 아닌 물에 몰두했다

물은 그림자를 지녔죠
소년과 노인의 그림자를
소년은 노인의 그림자 속으로 헤엄쳐 들어가요
둘은 포개져요

강은 어둡죠 겁먹은 개가 물을 흔들면
작은 집 한 채가 떠오르는 거요
손목시계와 바구니, 자전거 안장 같은 것들도
헝겊 조각이 있다면
젖은 비둘기에게 건네주고
침대가 떠오른다면 이불을 잘 정리해야죠
강은 어둡죠 어둡고 춥죠
이 골목처럼 말이오

그는 창문가에 선다
창밖에는 소년이 있다
흰 새들이 약국 앞으로 날아든다
약국 주인은 작은 알약들을 던져준다
침울한 새들이 무럭무럭 자라
인간을 닮아간다
새가 분수대를 따라 거닐며
주섬주섬 목을 축이는 동안
그는 소년에게 말한다

삶을 과장하지 말게

2부
순진한 삶

순진한 삶

끝없이 내린 첫눈 속에 잠긴, 작은 짐승. 곁에는 수분이 바싹 마른 수국 한 묶음이 쓰러져 있다. 이 거리의 오래된 소설, 영화, 편지, 시는 끝났다. 너는 오늘도 사라진 흑백영화 속에서 무언갈 찾는다. 익숙한 골목과 재킷, 슬로와 폭발.

끝에 파도가 쳤지.

주인공의 볼품없는 몸이 훤히 드러난 그 장면에서 너는 계급과 인종에 대해 잠시 생각했지만 결국엔 파도가 아름답다고 느꼈고, 그 파도만 보게 되었다. 파 도 파 도 미 도. 단순한 멜로디를 즉흥적으로 흥얼거리며 너는 파도를 이끌고 가는 여인의 모습을 보았다. 짧은 팔, 굵은 목, 뜻밖의 단정한 말들 소진된, 사람들.

비닐장갑 위에 놓인 병든 아버지의 불알처럼 너는 한 번도 본 적 없는 장면을 살아간다. 간판만 남은 영화관에 쪼그려 앉아 팥빵을 문지르던 금 간 손과, 멋없는 금은방, 두엇 앉은 벤치, 두엇 누운 공원 주변을, 죽음, 죽음, 곱씹으며 걷는다.

안개 긴 겨울의 날씨, 가벼운 눈발에 쓸려 귓불에 피가 번진다. 사랑하는 사람들을 찾아가 안부를 물으려 했는데…… 숨길 수 없는 나의 얼룩, 당황하려나…… 굶주린 들개라도 껴안을 수 있다면……

시시한 시 허풍을 떨면서도 어쩌지 못했다. 그 딱딱한 허무를.

한참을 헤매다 도착한 작은 정원에서 언 사과를 콱 깨물어 먹던 순간에 너는 정갈한 도서관이나 심리 상담, 복지, 공부, 이런 것들을 생각했다. 한 번도 본 적 없는 미래를. 고요하고 깨끗한 겨울나무 곁에서

오늘 아버지는 네가 만든 커다란 식빵에 한 손을 푹 찔러 넣은 채 새로운 문장을 말씀하신다.

"애야, 그 오븐을 끌어다 내 무릎을 좀 덮어주겠니. 날이 춥구나."

상담사와의 추억

그녀는 말했다

신이 내게 천국을 보여준 것 아니겠어요

야자수와 산맥과
이름 모를 색색의 물고기들과

진파랑의 물과
불꽃이 터지던 해변과
너무나 이상하고 아름다운
통통한 나무들

나는 기도했지
주님 감사합니다
제게도 이런 천국이 있군요
제게 상을 주셨군요

마일리지로 다 되더라고
호텔이랑 일등석까지

그녀를 추억하면 나는 이 말이 떠오른다

천 국

나는 그때 이상하리만치
그녀의 말과 이미지에 매료되었다

지금 생각해보면
주님은 아마도 마일리지일 가능성이 있지만
나는 그녀의 기도를 믿어 의심치 않았고
그녀의 입에서는 쉴 새 없이
천국이 열렸다 닫혔다 그리고 어느새 나는
그곳에 깊이 연루되어 있었다

한 번도 설득되지 않았던 말

천국에 간다는 말

정말 갔다 온 사람이 있었다

매

빛은 떨어지고 매는 날아오른다

오래된 선지자처럼
가장 아름다운 유리 천장의 주인공인 그림 사내는
턱 끝으로 모호한 방향을 가리키며
빛의 침대 위에 길게 누워 있다

매는 나타나고
매는 맴돌고
매는 사라진다

길들여지지 않을 것이니
사냥을 할 것이니

에나멜 유약을 바른 색유리 밖으로
한 무리의 털북숭이들이
서로를 흉내 내며 구두끈을 묶는다

벌 받지 않기 위해 조아리는 자들의 뒷목을

매는 낚아챈다

매는 생각하지 않는다

어느 유리 조각이
가장 신비로운 빛을 만들어내는지
자신을 잉태한 빛은
그리스도의 것인지
아폴론의 것인지
자기 자신의 것인지
그저, 창문 주인의 것인지

불넌승에 걸린 자들은 왜 불멸을 묵상하는지

빵과 우유를 양손에 쥔 채
서푼짜리 배우처럼 벌벌 떠는 그들은
영원히
어떤 말들을 잊어버리게 되는지

작은 구두 속에서

주인의 뒤꿈치를 파먹으며 몸집을 불린

뚱뚱한 고통들이

깡마른 신의 가호를

모조리 밟아 죽이는 동안

매는 고뇌하지 않는다

악의도 적의도 없이

죽을 때까지

죽일 뿐이다

안타까운 헛소리

모자에 관한 그의 헛소리를 계속 듣고 있자니
어디선가 씨끔한 냄새가 올라오는 것 같았다
팔목을 내려다보았다
오래전 불에 덴 곳에서 냄새가 날 리 없지 않은가
한 뼘의 얼룩이, 얼룩이 아닌 다른 것이라면
입구라면

내 팔에는 작은 문이 있어
불이나 새, 잉어, 풍뎅이 같은 것이
몸속으로 들어올 수 있다면

미친 작은 새
내 심장이 기우는 강아지
상점과 상점을 떠돌며
부리로 니나 시몬의 바이닐을 긁어
멋진 재즈를 재생해주는

먹이나 새끼, 나무나 창공의 세계를 떠나
인간의 갈비뼈 안에서

간혔다는 생각도
날겠다는 각오도
먹겠다는 본능도
없이
새,라는 사실을 적시하는 모든 정의로부터
떨어져 나와
신경 다발 같은 것으로
털 뭉치 같은 것으로 꿈틀대는 새가 있다면

피가 불이라면
불이 뇌의 칸칸을 흐르는 동안
전속력으로 질주하는 생을 견디며
기억에 매달리지 않고
미래에 헌신하지 않으며
들끓는 감각으로만 존재할 수 있다면
밀실의 고독한 마음들
흘려보낼 수 있다면 그리하여
불 속을 헤엄치는 잉어가
사각의 문명과 수직의 질서를

찹찹, 먹어버린다면

그러니까 내 몸속에 일종의 자연이
일용할 생태계가 생겨난다면 말이다

하나의 얼룩으로부터

인간에게 영혼 따윈 없어
내장 속을 뛰어다니는 풍뎅이 떼가 있을 뿐이지

내겐 하나가 더 있지
내 주인 행세를 하는
주인 없는 이 모자 말일세

주인 없는 모자

언제부터였을까
먼지 쌓인 이 모자 말일세
모자를 벗고 보니 머리칼이 하얗게 새었더군

살아가는 동안
일기를 썼다면
불가해하고 야릇한,
머릿속을 휘젓는 단 한 마리의
새에 대해 썼다면
그것을 써서
흰 종이에 살려두었다면
죽여 증거를 남겼다면

붉은 부리를 벌려 나의 얼굴을 자꾸 토해내는 새를
돌로 찍어 내렸다면

나는
나는 모자로부터 벗어날 수 있었다는 말인가

모자는 창백한 도시처럼
아무것도 먹지 않는 파리한 사람들과
털이 군데군데 빠지고 귀가 찢어진 동물들을 받아들였
지
죽은 자들의 도주를

그들이 모자 속에서 램프를 켜는 것을 허락했다네
죽음 이후의 최초의 빛
그것은 그들에게 아름다운 예감으로 스며들었어
더 이상 추잡해지지 않아도 된다는 예감은
아름답지, 눈물을 쏟을 만큼

모자를 쓰는 사람이 많아질수록
오래된 것 중 가장 늙은
대학살자인 신은 젊어졌어
한 걸음씩 언덕을 올라
심연이 집어삼킨 얼굴 속으로
늑대처럼 울부짖는 사람의 꿈속으로
모자를 부드럽게 밀어 넣어 주었어

모자를 쓴 사람은 자신의 기원을
떠올리지 못한다네

새를 사냥했던 기억
매일 밤 동그래지는 사물들
바다에 그을린 피부
배를 타고 나가
사슴 가죽에 썼던 글들
파도
뱃사공이 주머니에서 꺼낸
눈이 부시도록 빛나는 그의 증표가
무엇이었는지
돌멩이였는지
개구리였는지
뿔피리였는지
푸른 송어였는지
도끼나 이끼였는지
왕의 망토였는지

수수께끼를 적어 내려간 노트였는지
아무것도 아닌
부서진 비스킷이었는지
그저 살점뿐인 손바닥이었는지

자신을 증명할 수 없는 사람들은
주인 없는 모자를 쓴 채
음악 속을 걷고
새를 따라 가고
느릿느릿 산책을 하듯 서서히 알몸이 된다네
크게 입을 벌려 마지막으로 숲의 냄새를 삼키고
자신처럼 불행해 보이는 나무를 쓰다듬으며
사라진 새가 돌아와 다시 지저귈 때까지
눈물을 쏟는다네

눈물은 눈을 부수며 태어난다

파도가 돌아온다
당나귀가 걷는다

버섯은 감미롭게 자란다

편지 봉투가 열렸다 닫힌다

사랑하던 고양이가 햇살이 되어 항구를 비춘다

새가 모자를 거두어 간다

한 사람이 죽는다

마지막 것들 중

자신의 죽음이 제일 가엾지 않았노라

호시절
—거위 없는 밤의 호숫가에서

그는 말했다 한쪽 눈썹이 없군요
재밌는 모나리자를 닮았지요, 나는 미소 지었다

컴컴한 무릎 뒤로
흘긴 눈초리처럼 가느다란 눈썹달을 끼고 앉은
늙은 우리는

꾸벅꾸벅 끄덕이며 찬 공기를
한 입씩 먹었다 한 입씩

엉터리 파도가 구석에 처박혔다

붉은 수염을 지닌 거위들이
우르르 좌르르 총총거렸다

그는 제법 훌륭한 시인이었지요?
레닌그라드발레단 소속의 물리치료사로서
최선을 다했던
죽은 이의 발목도 어루만져주었대요

누가요?

시인이요

그는 훌륭한 치료사였군요

레닌그라드발레단 소속의 시인으로서

최선을 다했던

그는 총살감이에요

누가요?

시인이요

나치를 찬양했잖아요, 여보

쇼스타코비치의 7번 교향곡이 흘러나왔다

열한 쌍의 남녀가 호수 위에서 군무를 추기 시작했다

여자들은 각자의 파트너를 들어 올렸다

남자들은 모두 승강기 수리공이었다

그들은 오르락내리락하며 콧노래를 불렀고 땀을 흘렸다

어떤 이는 아마추어 성악가처럼 서툴고 씩씩하게 노래를 불렀다

호수 건너편에서 들려오는 폭격 소리와 미세하게 어긋

나며
　　그의 몸이 높이, 아주 높이 떠오를 때면
　　그는 온 힘을 다해 제일 높은음을 냈다
　　간간히 소름 끼치는 쇳소리가 나고
　　꽁꽁 언 흙이 허공에서 탄알처럼 쏟아져 내렸지만
　　아무도 추락하지 않았고
　　그들은 지치지 않았다

　　음악이 사라졌다, 거위도
　　남자들은 호수 밑으로 빠르게 가라앉았다
　　근육질의 여자들은
　　주먹으로 언 파도를 깨부수며
　　사내들의 콧노래를 장송곡 삼아 따라 불렀다
　　이윽고 모두가 사라져버린,
　　거위 없는 밤의 호숫가에서

　　나는 말했다 한쪽 수염이 없군요
　　부서진 전함 같지요, 그는 말했다
　　우리 생에 가장 좋았던 시절은

전쟁 중이었어요, 나는 미소 지었다

여보, 저길 봐요

젊은 남녀가
배가 푹 꺼진 소년의 시체를 끌고
꽁꽁 언 호수 위를 건너가고 있었다

글로리아

*Imagine there's no heaven**

얼굴이 없는 자가 노래를 하네

*It's easy if you try**

목이 부러진 자도
마음이 부러진 자도 노래를 하지

내겐 영광이 없어요
고향의 이미지도 없고요
농장엔 꼬부라진 당근과
동네 보험을 끝낸 개가 널브러져 있습니다

따사로운 자갈에
목을 내려놓은 오리들이 있습니다
마른 밭을 헤매다
외로워 괴로워 오리무중에 빠진

우리는 발가벗고도 부끄럽지 않은 곳에서 배회합니다
갈색 먼지가 당신과 나를 갑옷처럼 호위합니다
알 수 없어요 당신의 손톱 어디를 향하는지
황무지에서 우리 부닥칠 때 당신 내게 길을 양보할지

어푸어푸

쫄쫄 굶은 소년이 물로 배를 채우다
충동적으로 뛰어든 호숫가에서
호젓이 담배를 피우던 할머니는
물거품을 보며 팽이잠에 빠집니다

살려달라는 말은 할머니가 합니다

청년의 세계에서 영영 추방당한 소년은
아름다운 17세 마르고 키 큰
돼지를 길렀고 쌍가마

독일 문학을 공부하던 청년과 사랑에 빠질 수 있었고

평온한 어느 저녁 느지막이 죽을 수도 있었고
봄이 오면 콩죽은 안 먹을 생각도 있었습니다

*Imagine there's no countries**

너른 들판은 불타네

*You may say I'm a dreamer**

할머니는 탄 꽃을 뜯어 먹으며
뒷거래를 합니다

죽은 소년아

나이를 먹어보아라, 늙어보아라

달리기를 하고 선인장을 죽여보고 호기심을 길러보
거라

네 삶이 어떻게 흘러갈지 흥청망청 인생을 낭비해보렴

* 존 레논, 「Imagine」(1971).

구오의 일기

　당신이 42195군요. 나를 구오라 부르는 42196은 말했다. 이곳의 연필은 지우개죠. 우리의 이름과 생일을 지우죠. 이름은 다들 비슷하지요. 죽음의 순서를 가리키고. 그러니까 당신은 나보다 하루, 혹은 한 시간 정도 먼저 죽을 수 있고, 아니면 내가 먼저. 어쩌면 거의 동시에 모든 것이 사라질 수도 있겠죠. 당신과 나의 모든 것.

　육신. 거죽.

　6이 오늘 내게 부러진 십자가 조각을 건넸다. 3의 것. 3은 기울어진 세면대에 얼굴을 박은 채 죽었다. 양 어깨가 뒤로 꺾여 쇄골은 부러졌고, 고꾸라진 자세였지만 턱은 위로 들려 있었다. 그것이 사람의 죽음이 아니었다면 로댕을 깔보는 희대의 예술품이 되었을 것이다. 굳어진 3의 몸부림은 너무나 처절해서 어쩌면 3의 마지막 비명이 바람을 타고 아프리카 사하라쯤으로 건너갔을지 모른다고, 어디든 멀리 가는 것이 좋은 거라고, 6이 내게 말했다. 머리는 여전히 세면대에 방치돼 있다.

사하라. 아메리카만큼 큰 황무지. 가까운 별. 크기, 세기, 방향 예측 불가능한 바람. 필요한 것은 비와 풀.

수용소에 새로운 놀이가 생겼다. 6은 제 멜빵이 참 마음에 든다고 했다. 마주 보고 신사처럼 굴어보자 했다. 신사 게임. 타이를 매듯, 구두를 털 듯 우리는 팬터마임을 했다. 그런데 우린 너무 말랐다. 끔찍할 정도로 말라서 서로에게 가까이 갈 수 없다. 나의 한숨에 6이 픽, 쓰러질 것 같다. 조심해야지.

오늘 아침에는 침상 정리를 하며 자유를 느꼈다. 오후에는 포크 사이로 빠져나가는 물살을 보며 또 한 번 자유를 느꼈다. 자유. 자유.

오늘 안 것. 3이 지니고 있던 것은 부러진 십자가가 아니었다. 타일 조각을 돌로 갈아 만든…… 그런 것도 작품인가. 잘 모르겠다.

허브와 루트, 감자 껍질을 먹으며 6은 더욱 말라간다.

날갯죽지가 곧 그를 들어 올릴 것 같다. 세면대엔 여전히 죽음이 고여 있다.

3의 뒤통수…… 핏물에 잠긴 머리는 마치, 캠핑장 울타리에 묶인 풍선 같았다. 밤의 장작불 곁에서 가만가만 일렁이는. 누가 죽든, 내일은 이런 비유를 쓰지 말자.

침대가 흔들린다. 사하라에 바람이 부는 걸까.

오늘 6이 죽었다. 샤워기에 목을 맨 그는 양손을 길게 늘어뜨린 채 죽어 있었다. 두 무릎은 마치 기도하듯 단정하게 굽어 있었는데 가느다란 6의 목을 부여잡고 놓아주지 않는 호스 때문에 그의 척추는 이상하리만치 곧게 서 있었다. 6의 이름을 모른다. 어쩌면 그의 이름이 빈센트일지 모른다고 나는 생각했다. 그가 전에 내 얼굴을 그려준 적이 있다.

그는 늘 두 번씩 말했다. 헝그리. 헝그리. 이곳에선 아무도 그런 말을 하지 않는다. 그는 진실과 거짓을 동시에 말하는 유일한 사람이었다.

낮의 소년에게서 이어지는 밤

낮에는 소년이었다가
어스름한 밤이 오면 재규어가 될 거야

소년이었을 때
누군가 먹다 남긴 무화과를 한입 먹곤
낮잠이 들었지

무릎에서 동그란 신이 말했어

너에게 있는 멜랑콜리
너에게 있는 비와 풍요
너에게 있는 프랑스어
너에게 줄게

사바? 꼬망 사바? 위, 위, 농

이런 게 프랑스식 인사인가
나는 몰라
신은 떠났지

안부를 물을 때마다
비가 내렸고
사람들은 금세 울먹이거나
얼어붙은 표정을 지으며

안개를 보러 가지 않을래?
라고 답했어

어느 금요일
비가 내렸고
나는 소년이 아니었고
사람들에게서 적당히 떨어져 있었어
나이 송곳니는 날카롭게 자라 있었어
사람들이 보였어
내가 잘 알지도 못하는 프랑스어로 인사로 건네면
울먹이던 사람들
그들은 사냥꾼의 차림을 하고 내게 화살을 쏘았어

나는 소년을 상실하고

숲과 새벽은 절벽 아래로
떨어지고
정오의 새들은 핏기 없는 차가운 시신 위에 내려앉아
침울한 노래를 불렀어

새가 지저귀네
창문을 열기 위해 창가에 다가서던 사람들은
영문을 모른 채
눈물이 나려 해
눈물이 나려 해

침대 선생님

이 아마추어 여성 영화감독은 침대에게
천지창조의 편집 기술을 배우고 싶습니다

침대에 누워 꿈을 꾸죠

아들을 고귀하게 떠받드는 엄마들과
며느리를 천대하고
딸을 덜 천대하는 시모들과
아무 데나 식구라는 말을 갖다 붙이는 사람들과
형제를 부르짖는 패거리들과
여성 계급을 후려치고
남성 계급을 맥락 없이 존대하는
길들여신 늙은 여성들과
지식인들의 뻔한 속물성과
연기력
그리고
무구한 눈깔

사람의 영혼이 어떻게 하면

완전히 무너지는지,
잘 알고 있는 개새끼들의 이야기를
쓰고 싶었죠

매일 밤 꿈을 꾸죠
불의 바다, 불의 파도가 서정적으로 일렁이는 곳에서
시와 별과 바람의 이야기를
그들에게 들려주죠

세상엔 시가 있고 시를 쓰는 사람이 있고
그들은 거의 쓸모가 없는 인간이지만
자주 불 속을 걷는답니다
불 속에서 건진 손과 찻잔을 다른 이에게 건네주기 위해
며칠 밤을 걷는답니다, 이런 이야기를 해주면
손부채질을 하며 훌쩍이던 여인은

당신들처럼 쓸모없고 특이한 사람들을 이해할 수 없
어요
나는 남들처럼 먹고살았어요,

다 그렇게 살아요

라고 덧붙일 거예요

나는 침대 선생님께 묻습니다

어떻게 지내십니까, 선생님
오늘 밤 찾아뵈어도 될까요?
장마가 시작되어 날이 후덥지근한데
컨디션은 어떠신지요
지금 쓰고 있는 이야기는
아주 긴 이야기가 될 모양입니다
선생님,
부디 저를 잘 재워주세요
꿈에서 저는 조금 용감해지려 합니다
저는 너무 오래 불 속에 있었고
부모님조차
저를 알아볼 수 없을 정도로 망가졌습니다만
소망이 있다면 쓰는 것,

불에 탄 눈 코 입이 엉겨 붙어

저야말로 악마 새끼처럼 보이겠습니다만

아시죠? 그들은 잘 살아 있습니다

볼살이 통통하게 쪄서 예쁜 녹색 셔츠를 입고

프티부르주아들과 프롤레타리아들을 번갈아 쳐다보며

심드렁하게 드립 커피를 마시고 앉아 있죠

선생님

저는

해피엔드로 끝나는

장엄한 복수극을 계획하고 있습니다

조금의 여지도 없이 상대를 시원하게 박살내고

총을 한 바퀴 돌려 총집에 착! 꽂으며 완벽한 박자로 끝나는

그런 영화를 만들고 싶습니다

약간 촌스럽더라도

마지막 장면엔 불꽃이 터지고 회전목마 같은 것이

뱅글뱅글 돌아도 좋겠습니다

환희를 어떻게 표현하면 좋을까요?

저는 세기의 권투 선수처럼

현란한 스텝을 밟고 주먹을 휘두르며
침대를 누빌 것입니다
저는 이기고 싶습니다
부디 잘 부탁드립니다
그리고 늘 감사합니다, 침대 선생님

신경

간혹 인간의 구역질에 두드려 맞으며
나는 혀끝에 있다
하품을 할 때
커피를 마시기 위해 입술을 오, 할 때
바깥을 본다
여름이라면
플라타너스
빛의 칼날에 부서져
허공에 흩어지는 모든 연두들을
겨울이라면
하얀 숨과 눈과, 나처럼 겁먹은 노루를

카페의 식물은 대체로 죽어 있고
아무도 신경 쓰지 않는다
무신경한 사람이 자신의 무신경함을
알아챌 리 없지 않은가

나는 인간이 퍼붓는 술과 담배와
조미료가 가득한 먹거리들에

절어 있다
내가 살아 있는 한 나의 주인은
인간답게 살지 못할 것이며
인간답게 죽지 못할 것이다

어떤 석학의 강의나
어떤 책이나
매끄럽고 지적인 인간들의 풍경에
치가 떨린 지 오래다
처음 보는 외국 여성에게
룩 영 걸,이라고 인사하는 한국 남성이나
갖은 반짝이로 장식된 긴 손톱으로 사람을 할퀴고도
모르는 여성에게
누구든 뭐든, 어찌 되든 상관없는 사람들에게

그래 그럴 수 있지
아니 그럴 수 없다

나는 혼잣말을 하며 기묘한 이름을 붙여주곤 한다

파후치 갸스 음음음음

아무 의미도 없는 기호를 붙여주며

중력이여 사라져라 누구든 겁에 질려
바둥바둥 떠올라라
오직 공포로, 환란으로 존재하라

주문을 건다

혀끝에 내가 살아 있는 한
나의 주인은
자신의 관용 없음과 혐오와 힐난의 감정에 대해
소스라치며 고민에 빠질지 모르겠지만

개가 쩍쩍 하품을 하는 풍경
참 편하다

0.1초 정도

세계의 셔터가 내려간다

너그러운 시간이 도래한다

내가 인간에게서 태어난 것이 아님을 알고 있다

이런 질문은 가능한가

상상을 가로지르는 마차는
의자를 향해 간다
자연을 긁고
덜덜덜 애원하는
마부의 바퀴와 재산들
손님과 마차와
마차와 의붓 마차와……

적요한 눈밭에 흩날리는 적의와……

속삭임……

숭고하고 짜증 나요

탁자는
3월에 제작되었지
율동 없이

가능한가

산양의 젖을 짜 먹으며
감사하고 건강한가
손님들은
상상 속에서 다재다능한가
미래의 시간에
그들은
원하는 만큼 특별하고 필요한 만큼 평범하며
대체로 안전한가

매일 아침
거인을 들어 올린다
잠의 바깥으로

거인의 사타구니는 무엇을 감추고 있나

불과 기계
타오르는 복잡성과
작은 자연

기술과 리듬과 흐름

아침이라뇨
밥을 먹으라뇨
늦기 전에 재킷과 양말을…… 정말 그런 일이
가능한가요

나는 마부인가 마차인가
손님인가 바퀴인가

공기와 잠 한 접시를 앞에 놓고
의자를 당긴다

손이 덜덜 떨린다
파괴하고 싶어서
다 쓰러졌으면 좋겠다

일몰처럼
비뚜름히 서서히

길고 나른하게
빌딩과 도시가
개와 사람이
새와 곤충이
갈기갈기

새는 없지만

풍화된 카펫 위로

저녁 빛이 드리워진 실내

사물의 언저리마다 부유하는 먼지와

잠연히 가라앉은 그림자들

나란히 앉은 두 노인은

과거의 주전자를 떠올린다

두 사람이 검은 머리일 때 함께 사용하던

은빛 물건

할머니는 주전자에 튤립을 넣고

할아버지는 돋보기를 넣는다 머릿속에서는

가스 불이 켜지고

꽃과 안경이 보르르 끓어오르는 동안

호크니가 헛기침을 한다

아요…… 어서요………

할머니가 손을 모아 앉으며

할아버지의 무릎을 건드린다

할아버지의 바지 주머니에서

새 모이가 흘러나온다

할머니의 얼굴에 볕뉘가 들자

한 장면이 작아진다

색이 다른 세 송이의 튤립,

탁상용 거울과 녹색 철제 서랍장

자수가 놓인 옷깃 위로

부드러운 목주름을 드러낸 채

정면을 응시하고 있는 부인과

무릎에 놓인 잡지에서 눈을 떼지 못하는

골몰한 남편의 옆모습이

가지런한 쿠션들처럼

가정집 소파 위에 배치된다

「My Parents」, 1977*

Oil on canvas

183×183cm

＊ 데이비드 호크니.

농부 혹은 바울드기너 씨의 수상 소감

새는 이름을 불렀다
나무 그늘 아래
쪼그려 앉은 농부의 등 뒤에서

신상미
은조선
박김주태
안형찬
지은
설차인

새는 발음이 좋았다 농부는 미소를 띠며
새가 불러주는 순서대로 꼼꼼하게 얼굴을 그렸다
그림이 완성될 즈음 새는
그림과 주인을 번갈아 보며
소나기 소리를 냈다 그럼 사람들은
바짓단을 털며 그림값을 지불하고
서둘러 그곳을 떠났다

새는 늘 이름을 불렀다

싸구려 마차를 타고

이국의 공원을 한 바퀴 돌며 찍은 사진을

영정 사진으로 쓰는 사람들과

안경 케이스만큼 작은 정원을 가꾸던 사람들과

한 주먹의 수수를 쥐고 골목을 헤매던,

봄이 오면

까맣게 얼어붙은 얼굴이

들꽃과 함께 터지던

모든 모르는 사람의 이름을

농부는 그림을 그렸고, 새는 늘 충분한 경의를 표했다

아래의 기사는 어느 신문에도 실리지 않았다

"감사합니다. 이렇게 무능한 농부에게 상을 주시다니요. 진짜 작가 선
생님들이 불쾌하진 않으시려나요. 송구합니다. 제게 예술은 가당치도

않지요. 땅을 그리다 보니 발을 그리게 되었고, 발을 그리다 보니 손을 그리게 되었고, 손을 그리다 보니 손이 감춘 것들이 보이기 시작했어요. 그것들은 모두 얼굴에 숨어 있었습니다. 저는 얼굴을 그립니다. 그들이 감춘 것들을 들추고 싶지 않아서요. 위대한 예술은 어쩌면 그것들을 그려내는 것일 수도 있겠습니다만, 인간과 세계의 비밀을 폭로하는 일에는 중독성이 있어서 예술은 예술을 갱신할 뿐 아니 제가 무슨 말을 하고 있는 건지…… 저는 그들이 제게 향하고 있는 동안 우두커니, 그 삶 그대로, 그저 빛 속에 있는 것이 좋답니다. 끝내겠습니다. 이런 헛소리는. 비둘기 선생님들, 차에 치이지 말고, 안전하게 오래 사십시오."

　　　　　　　　　── 비둘기재단 미술상 수상자 바울드기녀 수상 소감 전문

대사 없음

날개뼈 속에서 시계를 꺼낸다
밤과 동그란 것을
꺼낼수록
몸은 얇아진다

나는 오늘 몇 벌의 의상을 입고
'국가' 역을 하러 무대 위에 오를 것이다

7시에 시작되는 나의 연극은 중단될 것이다
나의 국가는 매시 45분 엉망이 될 것이다
나의 혁명은 17초마다 실패할 것이다
나의 사랑은…… 머리를 깎는 사람처럼
식탁 위 의자에 조용히 앉아 있을 것이다

사라진다
늙은 등을 보이며

사람들이
사물들이

상실한다
이 세상을
내가 시침을 돌리는 동안

텅 빈 국가에
연극배우만 남아 있다

모든 대사들을 버린다
휙휙 지나가는 시간 속으로
날개뼈가 종잇장처럼 얇아져 있다
어쩌면 날 수 있겠지
열대 나비처럼

예쁘다 7시 45분 17초

귀여운 지옥

소년은 신발에 대해
어떤 결정도 내리지 못했다
어떤 신발은 지나치게 화려했고
어떤 신발은 의미를 알 수 없었다
누군가 나를 잡으려 한다면
재빨리 뛸 수 있을까
슬슬 걷기에도 좋을까
금요일 저녁엔 어느 집 문 앞에 당도하게 될까
그곳엔
통통한 소녀가 노래를 부르는 정원이 딸려 있을까
소녀는 누군가의 딸이겠지
나는 어떤 여자의 아들인가
주인 없는 신발 가게의 거대한 진열장 앞에서
소년은 골똘히 생각했다
생각은 소년을 괴롭게 했고

마침내 마음에 드는 신발을 찾는다면
아침이 오고
주인이 오고

고아를 가엾게 여길 줄 아는
충동적이고
외롭고
마음씨 착한 여자가 우연히 이곳에 들른다면
치즈와 하몽과 마리골드 한 묶음을 사고 남은 돈으로
소년의 신발값을 대신 지불해줄 수 있을 것이다
그녀는
소년의 부르튼 뺨을 쓰다듬으며 말할 것이다

오, 가여운 아가야
발이 검구나

이것은 적선이 아니란다
네 특별한 귀여움에 대한 정당한 대가지

소년은 생각한다

'무언가 명예롭지 못하다'

볼이 빨개진 소년은
신발을 모조리 헝클어뜨리고

보세요,
이것이 나의 신발이에요!
이것도요!
전부 다요!

(내가 특별하다면 내 엄마 노릇을 해봐요 내가 아무
데나 똥을 싸 갈기고 눈치 없이 웃어도 저런, 저런, 어쩔
수 없다고 생각하며 나를 씻기고 허밍으로 재워줘요!)

소리를 지르고
가게 한복판에 드러누워
모든 손님의 시선을 받고 싶지만

이렇게 말하는 것이다

땡큐, 마담

그러곤

두 눈동자를 가운데로 모으고
입술을 뾰족하게 내밀어
괴상한 병아리처럼
웃어 보이는 것이다

잘만 하면
일주일 치 식료품비도 벌 수 있을 것이다
사거리 피에로보다
소년은 아직 몸집이 작고
운 좋게도 피부가 하야니까

소년은 생각한다
가슴팍에서 좋은 냄새가 나는 여자들은
왜 자라지도 않을 꽃을 한 뭉텅이씩 사 갈까

줄넘기

우리 집엔 새가 산다. 천장엔 새집이 그득하다. 키 큰 화초도 많다. 거실이 늙은 밀림 같다. 아침에 일어나면 나는 떨어지는 새 모이가 눈에 들어가지 않도록 눈을 게슴츠레 뜨고 걷는다. 답답한 노릇이다. 장롱 안에 누워 몇 가지 생각을 반복한다. 우선 왜 태어났는지 모르겠다. 일상이 뭔지 모르겠고, 가족과 집의 기원 같은 건 하나도 궁금하지 않다. 내 6년 인생을 요약하자면, 도무지 아는 게 없는 무식자이다. 눈사람의 박살 난 머리통처럼 매일 방으로 굴러 들어오는 봄날의 빛을 보며 그래서 나는 언제 죽나 생각한다. 아침은 왜 자꾸 오는 거지? 마음이 늘 복잡하다.

나는 줄넘기를 한다. 마당은 엄마가 내게 허락한 유일한 바깥 공간이다. 결벽증과 노이로제가 있는 엄마는 나를 마당 밖으로 내보내지 않으며, 흙 놀이도 허락하지 않는다.

골목 입구에는 귀신의 집이라고 씌어진 녹슨 철문이 있다. 철문 너머 빌라에는 한쪽 눈이 스릴 있게 일그러진 점쟁이가 산다. 사람들은 그를 애꾸 보살이라 부른다. 그는 가끔 내 앞을 지나간다. 심장이 벌렁거린다. 저 자는 점을 친다지? 눈 속에는 신이 산다지? 다 알고 있다지? 미래라니, 맙소사………

반대편에는 마술사의 집이 있다. 마당에 커다란 마술 상자가 놓여 있다. 나는 상상한다. 쇠사슬에 묶인 이가 발차기를 하며 날아오르고, 칼에 찔린 미녀가 나타나 알통을 흔드는 모습을. 마술이 아닌 마법을. 눈속임이 아닌 초능력을.

나는 줄넘기를 하며 은밀하게 자란다. 몸집이 우람하고 다부진 사람이 되기로 한다. 부디 내 주먹이 무럭무럭 자라 사려 깊은 친절과 엄중함을 갖출 수 있기를 바란다.

스무 살이 되었다. 골목 밖은 레이저 빔이 빗발치고 외계어가 범람하는 우주 전쟁터가 아니었다. 세번째 밀레니엄, 그것은 내게 공포의 세기였다.

부탁하는 마음

누군가 분수대에 동전을 던진다
당신은 창문을 닫는다

느릿하고 비릿한 먹구름
예측 불가능한 곡선으로 움직이는
거구의 고양이처럼
부드러운 냉소를 흘리는

구름 끝에 달린 십자가는
누가 떨군 열쇠고리인가

신이 있다면
부디 전능하여라
나는 이별을 기도한 적 없었으니
이별 신은 소설가에게
헤어짐의 언어는 시인에게
서로를 향하던 포악과 발광은
이국의 무덤가에 꽃으로 놓아주거라
아무렇게나

나의 이별을 멧돼지에게 던져주어라

신이 가져간 것은
숲
흰 눈밭
내게 돌아오던 발자국

나는 아무것도 훔치지 않았고
고백할 것이 없으나
회개하라면
첨탑에 올라 중노동을 하겠노라

아무도 모르게 십자가를 주워놓으리니

신은 임하지 말라
고귀한 술에 취해 잠들어라
율법을 바꾸어라
다투는 사람들에게
헤어짐과 평안을 베풀지 말라

다 망쳐버린 느낌

당신이 천둥오리를 사랑했던 기억
애도할 수 없는 상실감
나를 던지고 싶은 갈망과
움푹 팬 마음

저녁의 검은 고양이
푸른 고양이들이
왕의 무덤처럼 쌓여 있구나
과연 하늘이로구나
신나고 미친 신이로구나
나를 축복하는구나, 개새끼여

타인의 삶

　여기서 왜 이러는지 이해할 수 없지만, 네가 고양이를 낳고 있다는 것은 내가 알고 있다. 너의 검푸른 새끼는 피가 번진 이부자리를 벗어나 산뜻한 거실로 나아가는구나. 하체를 끌며 마루에 이마를 밀며. 초인종이 울리자 소스라치는 털들. 배달원이다.

　토스트를 시키셨나요?
　아니요.
　놓고 가겠습니다.

　거실 선인장 옆에 아기가 엎드려 있다. 숨을 거둔 건지 장난을 치는 건지 알 수 없지만, 곧 누군가의 장례가 치러질 거라는 예감을 한다. 다시 초인종이 울린다. 옆집 소녀다.

　토스트를 먹어도 될까요?
　그래요.
　토스트 안의 양상추는요?
　먹을 수 있다면 먹도록 해요.

곤란하다면요?

네. 그래요.

고양이는 왼손잡이였다. 왼손으로 노트를 찢고 왼손으로 안녕을 하고, 왼손으로 창문을 열어 담벼락을 타 넘었다. 골목의 쥐들은 죄 오른쪽 눈이 터진 채 발견되었고, 피가 굳은 눈구멍은 묘하게 동네 부인들의 이목을 끌었다.

아기가 며칠째 꿈쩍도 않는다. 저 아기는 누구의 엎어진 소망인가. 누구의 자지러진 비명인가. 옆집 아이는 더 이상 초인종을 누르지 않았다. 문화센터에 수영을 하러 갔다 익사했다고 했다. 너는.

자매와 육아를 나누고 자식에게 형제를 만들어주곤, 자격증을 몇 개 더 따고 싶다고 했지. 덜 늙어 보였으면 좋겠고, 처녀 시절까진 아니어도 좀 덜 쪘으면 좋겠고.

그래. 최선을 다하자.

하루

사과를 깎다가
라디오를 틀었어
칼을 쥐고
옆집 아이가 날카롭게 소리를 지르더군
그 집 엄마도

푸어 보이
그저 가엾은 소년이었을 뿐인데
마마 우-우-우-우
엄마 난 사람을 죽였어요
동정은 필요 없어요
엄마를 울리고 싶진 않았는데
의미는 없어요
어쨌든 바람은 불 거고

퀸의 노래는 대충 이렇게 흘러갔다

사과는 내일 아침 그가 먹을 것이다
그는 상복을 입고 출근을 할 것이고

늦은 밤 돌아오겠지
끔찍하고 슬픈 밤에

윗집 할머니는
우리 집엔 애가 없어요
하면서 종일 뛰어다닌다

나는 선인장 옆에서
해를 기다린다
최선을 다해
인간의 느낌을 덜어낸다

졸업

안에서
무언가 죽어가고 있다
머리를 찧으며
코피를 흘리며

밖으로 나가려고

바보같이 다 같이

붉은 곤죽이 되어
난로 밖으로 흘러나오고

모두 답을 적는다
덥다

장작은 누가 가져다 놓았나
불은 누가
아무도 모른다
얼마나 오래 앉아 있었는지

교실은 늘 후끈하고
시큼하다

앉은 채로 키가 큰다
굴뚝에서 무언가 시끄럽게 죽어가는 동안
교실 여기저기서 울려 퍼지는
끄윽 뼈가 벌어지는 소리
키 크는 아이들 아무
쓸모도 없이

장작은 타고

아이들은 땀을 흘리며
걸상에 앉아 책상 밖을 떠돈다
흑색 조끼 차림에
맨드라미꽃 모양의 수염을 인중에 달고 있는 교사는
뭐라 뭐라 판서를 하고

창밖에는 긴 코트를 입은 남자가

등을 보인 채
강물을 바라보고 있다

언뜻 사내를 발견한 교사는
낯빛이 어두워진다
벌벌 떨진 않지만
콧수염이 묘해지고……
그때
반에서 제일 관찰력이 뛰어난 소년이
교사를 본다
고름처럼 묵직한 땀방울이 셔츠 깃에 고인다

굴뚝에서 새어 나오는 소음에 대해
아무도 말하지 않는 동안
한쪽 다리를 덜컹거리는 교사를 놀려먹던 아이들은
금세 피곤해질 뿐

포탄처럼
난로 밖으로 터져 나온 새

굉음
구깃구깃한 날개
새와 함께 솟구친
이루 말할 수 없이 끔찍한 냄새
관찰소년의 말 없음

따위에는
영, 무심하다

새는
죽지 않고 교실을 쏘다니다
강가의 배를 향해 맹렬히 날아
돛을 파괴한다

교사는 칠판에
졸업
이라고 적고

아이들은 나부끼는 새털을

더듬더듬 눈으로 좇는다

아무도 모른다
졸업에 대해서는

청춘

소년은 첨벙첨벙 물놀이를 한다
매끄럽게 가라앉고 물 밖으로 솟아오른다
웃는 얼굴이다
우는 얼굴이다
스포츠머리를 하고
신경과에서 뇌파검사를 받기도 하고

사랑
사랑은 한 적이 없었다
사랑은 병원보다 비쌌고

흔들의자에 앉아 발장구를 친다
질 좋은 재킷을 입고 앉아 있는 사내를
자신을
누군가 잘 그려주었으면 좋겠다고 생각한다

밤이면 강가를 따라 달리며
미용실 예약을 떠올렸고
자신의 생이 그리 짧지 않다고 여기며

강 너머로 내달렸다

주인에게 등을 돌리고 서 있는
큰 개 한 마리를 바라보며
개도 없을 인생
다짐을 했다

저 비둘기들을 사랑해야지
감정을 사용하지 않으며
끝까지 남는 비둘기 한 마리를
슬쩍 차버려야지, 놀래켜야지
연약한 것이 얼마나 연약한지
세상에 보여줘야지, 적어도 두세 명은 보겠지
비슷한 사람들끼리 주저앉겠지

전조등 불빛 아래 떨어진 단추처럼

소풍

커다란 식물의 잎을 쓰고 파리에 도착했어요. 비가 왔
으니까요.

오기 전 TV에서 전 스포츠 스타와 코미디언이

소년 합창단의 공연을 보러 가던 길에…… 길을 헤맨
거죠.

노천카페에서 자둔가 앵둔가를 먹다 에스프레소를 마
시고

"아…… 좋다, 맛있다"

하는 장면을 봤어요.

빛을 툭툭 분질러 초콜릿처럼 먹던 그들.

난 디자이너의 맞춤옷을 사러 왔어요. 현금을 잔뜩
들고.

내겐 팔지 않겠죠.

난 청소부고

유니폼을 입고 있으니까.

파리에는 예술이 넘쳐나는군요.

걱정 없어요.

생각을 하기 시작하면 끝도 없고
한 벌의 드레스를 사 입으면 되는 거예요.

고전적인 형태의 구두들이 경쾌한 소리를 내며 오가고
털 빠진 비둘기도
뚱뚱한 쥐들도
모든 이가 자유로이 노니는
풍부한 정원에 가면 그만이에요.
붉은 치마를 입은 여성이 한 명 정도 있으면 좋고요.
예술적인 여인 사진을 찍고 싶어요. 호호……

그곳에서 나는 상상을 할 거예요.
그이들이 애처럼 군것질을 하다 기차를 놓치는 바람에
공연에는 가지 못했잖아요.

소년이란 무엇일까?
그들은 또 다른 어떤 목소리를 갖게 될까?
노래를 계속할까?
근사한 오페라 단원이 될까?

친구의 결혼식이나 파티에서 가끔씩 노래를 하는
'노래 잘하는 사람'이 될까?

어떤 사람이 될까?
내가 될까?
내가 되어도 괜찮을까?

아니야, 관광지의 유명한
성당 합창단 출신의 삶을 살겠지.

꼭, 디오르를 만나야겠어요.
하나뿐인 내 드레스가 그의 손에 달렸어요.

작별

야생동물 구조 센터 직원은 말했다

"다시는 만나지 말자"

그는 케이지를 열었다 새가 움직이기 시작했다
주춤거리던 새는 오랜만에 펼쳐진 자신의 날개가 어색
한지
직원의 머리 위에서 한 바퀴 푸닥거리다 이내
바람을 타고 비상하기 시작했다
직원은 새가 더 이상 보이지 않을 때까지
눈으로 새를 좇았다

그는 인터뷰 중에 이런 말을 했다

야생동물을 보호하려고 하지 마세요
안타깝고 아끼는 마음은 압니다 하지만
다친 동물을 집으로 데려가
따듯한 수프에 약을 타 먹이고
침대에 눕혀 재운다고

야생동물이 인간의 집에서 살 순 없어요
그들이 뜨개질을 하는 사람과
벽난로 곁에서 꾸벅꾸벅 졸진 않겠죠
아이처럼 재롱을 떨게 교육할 수도 없고요
그건 피를 닦아준 대신
본능을 죽이는 겁니다
저희들이 하는 일이 그겁니다
야생동물이 자신의 생태계로 돌아가
먹이사슬 안에서 동물답게 살다 갈 수 있도록
돕는 거죠
저희들에게 연락 주세요
전문가에게

진행자는 웃으며 이런 말을 했다

그래도 오랜 시간을 함께했으니
한 번쯤 뒤돌아보지 않을까 기대했는데
그냥 가네요

날아가는 새에게 뒤는 없다

'우리는 아는 사이잖아'

다정을 나누고 서로를 알아채던 순간은
인간에게 있다
사랑도 연민도 번민과 격정도
모두 한 사람의 것
새는 소식을 주지 않는다
어떤 잔혹도 굶주림도
분투하던 마지막 장면도

겨울,
당신이 햇빛을 받았던 모든 순간들
도구를 내려놓은 이들의
노을로 번진다

안녕, 모르는 이여

안락의자 아래 놓인 발목

나의 발을 파먹으며 황홀해하는 쥐들
상자 안엔 파도가 있었고
미술책 한 권이 떠다녔다
안락의자 주변을 배회하는
관능적인 짐승들
상자를 닫자 졸음이 몰려왔고
책은 어느새 무릎 위에 놓여 있다

책을 펼치자
푸른 양말을 올려 신은 외다리로
꼿꼿하게 선
벌거숭이 여인이 있다

그녀의 옆엔
검은 망토를 쓴 노파가
사선을 응시하고 있다
눈동자가 사라진 한쪽 눈엔
살얼음이 끼어 있다

푸른빛이 감도는
얼굴의 가장자리

분명한 생명력과
장엄하고 야릇한 파괴력

모두가 죽음에 고정된 채
감미로운 질병으로 존재한다
작가는 신을 초월한 인간들을
자연을 초월한 멸망들을
잘 간직하였네

졸려
끝없이 졸음이 몰려온다

잠든 나를 응시하는 자는 누구인가

발목 위로 부풀어 오르는 것은
피를 뒤집어쓴 사슴

몸을 뒤틀며

지저귄다

얼굴의 저술

바람이 피를 뿌리네
왕의 얼굴이 뒤집힌다

몸으로부터 뜯겨진,
떠오른
얼굴 가죽은
둘로 나뉘어 허공을 돈다
주목을 끌기 위해
미쳐버린 곡예사처럼

얼굴은
얼굴의 숨겨진 모든 경이를
숭고를 드러내기 위해
얼굴을 능멸하고 박해하며
죽은 짐승에게 다가가
일순간 그것을 삼킨다
통통 불은 얼굴은 겨울의 강 아래로 가라앉는다

얼굴은 기다린다

죽음이 시간을 망각할 때까지

언 강을 유유히 떠돌아다니던 얼굴은
세상의 모든 환멸이
얼마나 반짝이는지 보았다
빛나는 패턴들
왕족의 귀걸이처럼 번들거리는 것들
호쾌하고 낭만적이며
반복적인 행동 양식들

얼굴은
모든 이의 완전한 몰입을 요청한다

일렬로 늘어선 지옥의 식물들
갖가지 꽃으로 처연히 피어나
욕망을 불러일으키는

꼬리와 꽁지의 결합들
빨아 먹고 싶게 뒤섞인 색들

반드시 꺾어 매혹을 즐기리
던지리
기형의 권능으로

나는
고통을 불러일으키는
방법을 알고 있다

얼굴 속을 날아다니던 거친 새,
몹시 찢긴 경험

시간의 아가리에 물린 꿈과 수레바퀴
운명에 간섭하는 늙은 스승들
악기가 연주하는 인간의 몸들

죽여버리고 싶어

아라베스크
그로테스크

솔리스트

벌거벗은 아이는
불안을 판매하는 상점 안으로
기어 들어간다
서고 걷고 말할 수 있게 될 때쯤
말쑥한 차림으로
상점을 나선다

그는 달을 본다
깜짝 놀란 만큼 작고 동그란 예술이
얼굴을 휘감는다
고양이 한 마리가 그의 목을 감싼다
손에는 찻잔이 들려 있고
더 이상 흔들리지 않는 흔들의자에 앉은 그는
잠에서 깬다

백발의 노인은
눈물을 흘리며
손아귀로 얼굴을 감싼다

섬 깊은 곳에 있는 감옥의 독방에서
평생을 보낼 수도 있으련만,
흔들의자에 앉아 백 년을 보내다니
보드라운 양털 카디건을 걸치고

항구를 걷거나
야릇한 냄새에 취해 살롱을 드나들거나
기괴한 거울과 금속 장식들에 몰두하거나
서랍이 잘 정리된 책상 위로 석양빛이 드리울 때
커튼과 기분은 부드러워지고
이윽고 삶이 충만해지곤 했다

신화 속 동물처럼
머리를 조아리고 싶을 정도로 우아한 개에게
죽음의 뉘앙스는 없었다
어느 날
손이 아닌 다른 것이 개의 등을 쓰다듬자
개는 아무런 저항 없이
숨을 멈추었고

신이 창조한 아름다움과 우월함은
인간의 품 안에서 사랑과 고귀함,
그 밖의 것들로 남겨졌다
슬퍼 보이는 눈조차
주인의 것이었다
개는 주인과 함께 생을 다해 걸었다

나의 비참은
어릴 적 휘갈긴 일기로부터
항구에 선 여인과
작게 요동치는 물결
전쟁과 폭동이 일어나도
겨울 이불처럼 드리워지는
두툼한 밤으로부터
가난과 신비와 장난과 갈망으로부터

나를 죽이고 싶었다
죽음이 내 육신을 거두어 가기 전에

나를 가엾게 여긴 신이 다가와
비탄과 고통과 오욕에 절어
누더기를 걸친 앙상한 몸을
한 번쯤 쓰다듬어주기 전에

육체를 완벽하게 소유하고 싶었다

펜을 쥘 수 없게 사방으로 뒤엉킨 손가락들까지도

저물녘의 다중 인화

윤경희
(문학평론가)

　시간이란 무엇인가. 장수진의 새 시집을 읽으며 내내
되새긴 질문이다. 시간에 관하여 물리학과 철학에서 유
구하게 축적한 이론과 가설이 있다. 그와 별개로 일상의
차원에서 우리는 시간을 어떻게 인식하는가. 도구를 통
해서라면 물론 시계와 달력으로, 대다수 인류의 공통 기
호인 숫자로, 지구상에서 그것의 불가역적 단선 운동을
계측한다. 하지만 인간에게 있어서 시간을 인식하는 데
가장 유용하고 즉물적인 도구는 바로 자기의 몸 아닐까.
수면 시간이 충분히 경과하면 오래도록 한 자세로 굳었
던 몸은 저절로 기지개를 켜면서 뻣뻣해진 근육을 푼다.
위장은 부지런한 불수의 운동으로 허기를 채울 때임을
알린다. 사위가 어두워지면 시상하부의 송과선은 멜라

토닌을 분비하며 졸음을 부른다. 기압이 낮아지면 눈비가 내리기도 전에 신경통과 근육통의 예보를 받는 사람이 있으며, 반대로 고혈압 증세가 있는 자들 중 누군가는 심혈관이 감당하는 압력이 낮아진 상태에서 평소보다 훨씬 가뿐함을 느낀다. 기상의 근미래를 몸으로 먼저 맞이하는 것이다. 생리혈은 어느 날부터 주기적으로 흐르다가 수십 년이 지난 또 어느 날에 멈춘다. 계절이 순환하고 해가 거듭될수록 성장과 노화를 체감한다. 죽음 앞으로 가까이 간다. 이처럼 우리의 몸은 천체의 운행과 지구의 대기 활동이 공조하여 만드는 시간 속에 기거한다. 동식물과 기타 생명체를 포함하여 우리는 일회적 생을 타고난 유기체로써 나날과 계절을 지각한다. 신경계, 소화계, 심혈관계, 근골격계, 생식기관, 호르몬, 피부 등 모든 신체 요소가 시간의 영향 아래 있고 시간의 힘에 반응한다. 몸은 시간을 수용하며 기록하는 행위자이자 도구이다. 더불어 생애 동안 시시각각 새 모습을 생성하는 시간의 조형물이다.

시간은 계측의 대상이기 전에 느낌과 체험의 근원이다. 표준시계와 달력으로 지정할 수 있을지라도 그것만으로는 충분히 납득되지 않는 시간의 감각이 분명히 있다. 그것을 표현하려면 숫자가 아니라 다른 수단이 필요하다. 시는 이처럼 인간이 몸으로 실감하는 시간의 존재를 입증하기 위해 적극적으로 동원하는 수단들 중 하나다. 시인은 시를 시계로 삼아 자기 몸에 지각되는 세계의 시간을 기록하는 사람이다. 시의 시계가 알리는 시간은 당연히 표준시계의 시간과 같지 않다. 시는 필연적으로 아나크로니즘의 운명을 피할 수 없다. 대다수가 참조하는 시간의 기계와 무관한 시간, 다른 시간, 맞지 않는 시간, 어긋난 시간, 착오를 무릅쓴 시간, 시의 시계는 바로 그것을 고지한다.

장수진은 시로써 시간을 알리는 시인들에 속한다. 그의 시 시계는 시간을 시, 분, 초 단위로 분절하여 인간의 매일이 지구의 자전주기에 맞추어 규칙적으로 질서 있게 흐름을 알리는 기능을 수행하지 않는다. 그보다는 어느 특정한 시간대에 진자의 진폭을 고정시키고 그것의 감각을 재차 확인하는 편에 가깝다. 불가역의 나선형으로 순환하며 전진하기보다 어떤 지점에 막다라 그 시간대를 밀도 높게 겪는 것이다.

날개뼈 속에서 시계를 꺼낸다
밤과 동그란 것을
꺼낼수록
몸은 얇아진다

나는 오늘 몇 벌의 의상을 입고
'국가' 역을 하러 무대 위에 오를 것이다

7시에 시작되는 나의 연극은 중단될 것이다

나의 국가는 매시 45분 엉망이 될 것이다

나의 혁명은 17초마다 실패할 것이다

　　　　　　　　　　　　　　　——「대사 없음」부분

　시간대는 때이기도 하다. 시간의 특정한 구간으로 때의 시작과 끝은 명확히 한정될 수도 있고 그렇지 않을 수도 있다. 시작과 끝이 막연히 점이하여 이전과 이후 사이 언제인지 깔끔하게 재단하기 어렵지만, 그럼에도 불구하고, 빛과 어둠의 정도 및 기온과 습기의 차이를 통해 시계 없이도 몸으로 분간할 수 있는 어느 때를 녘이라 한다. 새벽녘, 샐녘, 해뜰녘, 어슬녘, 저물녘, 저녁녘. 장수진의 새 시집을 읽으면 녘의 시간성에 관하여, 그 가운데 특히 저물녘의 감각에 관하여 숙고하게 된다. 녘이란 모호한 시간대여서 한 아귀에 포착되는 게 아니므로, 시는 그것의 느낌을 거듭 달리 말하며 저물녘의 세계에 고유한 풍경을 층층이 인화해나간다.

　저물녘은 하루 중 늦은 오후와 이른 저녁 사이로 "서랍이 잘 정리된 책상 위로 석양빛이 드리울 때"(「솔리스트」)이다. 태양이 "평범한 카페를 부수며/가능한 한 수많은 파편으로/분열하"(「카페 '편집'」)는 때는 하루 중 언제일까. 강렬한 이미지에 무심코 대낮을 연상할 수도 있겠지만, 태양광이 건물의 창을 부술 듯 투과하려면 입사각이 거의 90도에 가깝게 기우는 때가 아닐까. 저물녘, 해가 서쪽으로 기울며 하늘이 붉게 노을지고, 낮 동안 태양광에 달궈졌던 공기는 식어 수축하며 습한 바람을 발생시킨다. 사양에 검은 그늘이 점점 팽창하여 마침내 사물계 전체를 뒤덮을 것이다. 세계가 색과 분위기를 바꿀 채비를 한다.

> 풍화된 카펫 위로
> 저녁 빛이 드리워진 실내
> 사물의 언저리마다 부유하는 먼지와
> 잠연히 가라앉은 그림자들
>
> ──「새는 없지만」부분

시간은 우선 천체와 대기의 자율적인 운동이다. 인간은 항성과 행성들의 주기적 운동을 관측하여 태양력과 일력을 만들었으며, 이에 의거하여 강물이 범람하는 시기와 밀물과 썰물의 때를 기록하고, 작물을 파종하고 수확하는 절기와 공동체의 축제일을 정하며 문명을 발달시켰다. 날이 밝으면 깨어나 노동하고 날이 저물면 어둠 속에 휴식을 취했다. 개체로서는 한 번 살다 가는 생일지라도, 종으로서는 나날과 계절이 순환하며 다시 찾아오듯 천체와 함께 영속하기를 그다지 의심하지 않았다.

비록 저물녘의 땅거미에 하루의 애상이 깃들지라도, 내일 아침이면 어제 오늘과 같은 날이 다시 찾아옴을 확신하며 잠자리에 들었던 것이다. 이야말로 "순진한 삶"이다.

노동의 주요 현장이 들판과 연안에서 도시의 공장, 상점, 사무실로 변모하면서 인간이 자기 신체와 정신을 복속시켜 따르는 시간의 장치도 천체에서 자본과 기계로 바뀌었다. 천체의 빛과 어둠이 하루를 양분하며 동식물계에 활동과 휴식의 시간을 골고루 베푸는 시절이 있었지만, 오늘날 인구가 밀집한 지역에서는 한밤에도 인공의 광량이 넘쳐난다. 24/7 시스템으로 기계를 돌리고 물류를 운반하고 상품을 판매하는 세계에 오프라인과 온라인을 막론하고 어둠은 없다. 해가 지면 일을 멈춘다는 순진한 삶의 합의는 폐기되었다. 낮의 노동자를 교대하여 밤의 노동자가, 심지어 기계가 자율적으로, 중단과 휴식 없이 상품생산과 수익 창출 체제를 작동시킨다. 하루치의 시간이 일과 쉼으로 나뉘는 대신 일에서 일로의 연속으로 균질화되면서 우리는 저물녘의 감각을 상실하게 되었다. 붉은 서녘 하늘, 어스름 아래 사위어가는 풍경, 그리고 서늘한 공기처럼 태양과 지구 대기의 운행이 만드는 저물녘 자연의 시간성에 둔감해졌다. 전기의 강렬한 빛이 해의 저묾을 안 보이게 하는 세계, 지구의 자전주기를 부정하는 세계, 그럼으로써 살아 있는 존재들에게서 잠과 쉼을 빼앗는 세계, 계속 깨어 일하고 소비하라 주입하는 세계에 내몰리게 되었다. 빛의 꺼짐과 활동의 중단에는 죽음이 은유적으로 내포되었는데, 세계가 항시 밝으므로 죽음을 상상하는 자유도 제대로 누리지 못한다. 지배적 시간 장치와 다르게 작동하는 장수진의 시 시계는 이처럼 우리가 무감해진 저물녘의 시간대에 특히 주의를 환기시킨다.

해 질 녘, 젖은 빛 속으로 헤엄쳐 들어간다. 물에 던져진 개처럼. 가끔 뒤를 돌아 증식하는 갈비뼈 모양의 파문을 본다. 힘의 흔적들을. 어렴풋이 들리던 사람들 소리가 들리지 않을 무렵, 나는 물을 껴안고 물을 할퀴고 온갖 욕설과 사랑을 퍼부으며 힘을 뺀다.

가라앉는 럭키들.

삶보다 죽음을 먼저 알아버린.

―「개헤엄」 부분

장수진의 시가 해질녘의 체감을 집중적으로 변주하며 현상한다면, 그것은 결코 유효하지 않은 과거의 삶의 방식을 이상화하기 위해서가 아니다. 그의 시에서 저물녘은 인간계의 실내 생활자가 채광의 변화로 파악하는 매일의 특정 시간대를 넘어서 지구 전체 생명계가 처한 현실의 시간성을 가리키는 표현으로 확장된다. 지배적 산업 체제는 우리로 하여금 저물녘을 인지하지 못하도록 온갖 책략을 동원하지만, 시는 그것이야말로 시간의 착오라고, 우리는 지금 모종의 막바지에 이르렀다고 알린다. 백화점과 마트 같은 대형 상업 시설에는 시계가 설치되지 않았으며, 노동자들이 끊임없이 조별 교대하는 물류 센터 내부에는 시계 반입이 금지되었고 창문도 없다는 점을 상기하자. 밤낮으로 중단 없는 생산과 소비 활동은 시간착오를 넘어 시간의 감각을 아예 마비시킨다. 이때 인공조명과 쉴 새 없는 노동은 활기차게 연속하는 생의 가면 아래 죽음을 야기하고 가린다고 고발하는 것이 시 시계가 스스로 떠맡은 임무이다. 시간을 착오하고 몰이해하게 하는 체제에 맞서 시적 시간의 진실을 알리기 위해, 빛의 과잉으로 짓눌린 어둠의 실재에 우리의 주의를 돌리기 위해, 시인은 때로 다급하게 요청하기를 서슴지 않는다. "다가오는 아침을 죽여줘/푸른 공원을 잿빛으로 만들어줘"(「악마는 시를 읽는다」)라고.

저물녘의 감각이 낯설어지고 휴식의 권리가 박탈된 세계에서, 그것이 결국 생을 해치고 있다는 사실을 가장 두드러지게 방증하는 것은 인간에 앞서 죽어가는 동물들이다. 장수진의 시는 언제 어느 곳에서든 동물들의 죽음을 인지하고 집계한다. 특히 목도되는 현상은 조류의 떼죽음이다.

> 가난한 인간들의 발 사이로
> 내려앉은 새떼가
> 땅에 정수리를 댄 채
> 그대로 목을 누르며
> 모조리 죽어버릴 때
>
> [······]
>
> 새들의 동공 속에선
> 날카로운 시침이 돌고 있었다
>
> ─「전율과 휴식」 부분

새는 생체 안에 인간의 것과 다른 시간 감식 기관이 있어서, 인공의 시계와 달력 없이도 현재의 세계가 생명을 존속하는 데 적합하지 않다는 것을 감지한다. 한두 마리가 아니라 떼로 죽는 동물은 종 자체의 사멸을 비관적으로 예감하게 한다. 시인은 "극점에 도착한 새들은 오래 버티지 못합니다/언 모가지를 비틀며 끼룩끼룩 죽어가죠"(「통곡의 나무」)라 보고하는데, 여기서 극점은 지리의 말단이면서 또한 시간의 말단이라 이해해도 무방할 것이다. 오늘날 우리는 생에 대규모의 위협이 가해지고 있으며 작고 약한 존재들이 그것에 속수무책으로 가장 먼저 목숨을 잃는 시간대에 처했다. "어느 날/손이 아닌 다른 것이 개의 등을 쓰다듬자/개는 아무런 저항 없이/숨을 멈추었고"(「솔리스트」), "카페의 식물은 대체로 죽어 있고/아무도 신경 쓰지 않"(「신경」)듯, 장수진의 시 시계에 따르면 도처에서 생태계가 저물어가는 징후가 관찰된다. 그런데 시인의 시계가 아무리 세계의 저묾과 연약한 생체들의 죽음을 고지하더라도 어떤 부류의 인간은 전혀 동요하지 않고 전혀 영향받지 않는다. 동물을 잡아 죽여 인간의 소비재로 삼는 오래된 관습을 반성하지도 않는다. 생선을 먹으러 간 식당의 "주방에서 생선을 죽이는 소리"(「강을 따라 생선을 먹으러 갔다」)를 듣지 못할 정도로 무신경하며, 밤을 휴식과 무위가 아닌 소비 활동의 시간으로 알뜰하게 전용하여 "거뭇한 양 구이"(「기중기에 매달린 중산층 모임」)의 식도락에 탐닉할 뿐이다.

그들은 분절된 양의 몸통을 이어 붙일

상상력이 없고

그런 종류의 루틴과 일생은

어떤 언어를

영원히 삭제시킨다

　　　　　　　—「기중기에 매달린 중산층 모임」 부분

대다수의 인간은 멸종하고 살상당하는 약한 생명체 앞에서 "측은하게 여기지도/가혹한 마음을 품지도" 않을 만큼 무반응으로 일관한다. "저게 그 뭐야, 고통……이라는 건가?"(「화해」) 묻는 말에 악의는커녕 해맑은 호기심마저 담겨 있을 정도이다. 부정적인 측면에서 순진함은 정신의 육중한 무동이라 할 수 있다. 시인처럼 세계의 저물녘에 이르러 죽음을 예민하게 인식하는 인간들은 명백하게 의도적인 폭력은 물론이고 이처럼 초연한 순진함에도 괴로움을 느낀다. 죽음에 예민한 자들은 완고한 순진함이 가하는 압력 앞에서 마치 자기가 파열될 것만 같은 반작용을 겪을 수밖에 없다. 장수진의 시에 이따금 말을 제대로 내지 못해 눈물을 터뜨리거나 울먹이는 사람들이 등장하는 것은 이 때문이다. 그들은 "곧 눈물이 터질 것 같은 얼굴"(「로 콘트라스트」)을 하거나, 고통을 몰이해하는 자들이 왜 웃는지 "영문을 몰라 울음이 터진다"(「화해」)거나, "*사라진 새가 돌아와 다시 지저귈 때까지/눈물을 쏟는다*"(「주인 없는 모자」).

숲과 새벽은 절벽 아래로 떨어지고
정오의 새들은 핏기 없는 차가운 시신 위에 내려앉아
침울한 노래를 불렀어

새가 지저귀네

창문을 열기 위해 창가에 다가서던 사람들은

영문을 모른 채

눈물이 나려 해

눈물이 나려 해

　　　　　　　　──「낮의 소년에게서 이어지는 밤」 부분

　고통을 추체험하지 못하는 순진한 태도는 무사태평하
고 안일한 세계관에서 비롯된다. 지구는 기존의 생명종
이 대규모로 몰살당하고 기후 격변으로 인해 "귀에선 버
섯이 자"라고 "입가엔 곰팡이가 피"(「입속 스콜」)는 신
종 하이브리드 생체의 상상마저 하게 되는 시간대에 도
달했건만, "뉴스나 라디오를 틀어도 아무런/소식이 없
어", 재앙을 인식하지 못한다. "중대하고 심오한 비극이/
있을 리 없"다는, 순진함의 완고한 껍질을 깨고 무감하
게 냉소하는 태도를 바꾸기 위해, 시인은 여러 상상과
시도를 한다. "생의 기쁨과 행복이 단순히 비 때문에/완
전히 무너져 내렸으면 좋겠어"(「악마는 시를 읽는다」)라
고, 차라리 세계에 부정할 수 없이 확연한 재앙이 덮치
기를 파괴적으로 소망하게 되기도 한다.
　"모두가 죽음에 고정된 채/감미로운 질병으로 존재"
하는 막바지의 시간에 처해, 시인은, 작가는, "자연을 초
월한 멸망들을 잘 간직하"(「안락의자 아래 놓인 발목」)

는 자이다. 간직의 방식은 "머릿속을 휘젓는 단 한 마리의/새에 대해/[……] 써서/흰 종이에 살려두"(「주인 없는 모자」)듯 고전적 글쓰기일 수도 있지만, 시인의 몸 자체를 기록과 보관의 매체로 탈바꿈시키는 것일 수도 있다.

> 내 팔에는 작은 문이 있어
> 불이나 새, 잉어, 풍뎅이 같은 것이
> 몸속으로 들어올 수 있다면
>
> [……]
>
> 그러니까 내 몸속에 일종의 자연이
> 일용할 생태계가 생겨난다면 말이다
> ─「안타까운 헛소리」 부분

자기 신체를 마치 대홍수의 방주처럼 자연물의 피난처로 제공하는 것은 멸종의 시대에 시인이 할 수 있는 가장 열렬하고도 간절한 상상이다. 시인은 단지 생존하는 것들을 거두어 환대함을 넘어서, 자기 몸을 자연물에 헌정하는 먹이와 놀이의 터로 새로 생성시키려 한다. 시가 아닌 시인의 몸 자체가 세계의 저물녘을 증빙하고 저장하는 불가능한 아카이브가 된다. 그런데 이 아카이브는 왜 불가능한가. 그것은 "모든 이야기가 사라질 즈음 쓰는 나도 사라"(「카페 '편집'」)질 거라 예감되듯, 시인도 다른 더 약한 생체들과 함께 소진과 소멸의 근미래를 피할 수 없기 때문이다.

> 너는 한 번도 본 적 없는 장면을 살아간다. 간판만 남은 영화관에 쪼그려 앉아 팥빵을 문지르던 금 간 손과, 멋없는 금은방, 두엇 앉은 벤치, 두엇 누운 공원 주변을, 죽음, 죽음, 곱씹으며 걷는다.
>
> ──「순진한 삶」부분

최종의 저물녘을 맞이한 세계에 내일 새벽은 오지 않는다. 과거의 삶의 방식에서는 아무것도 배워 적용할 것이 없다. 아주 조금의 시간만 남은 전대미문의 풍경 안에서 예술도 더 이상 유효하지 않고 무력하기만 하다. "이 거리의 오래된 소설, 영화, 편지, 시는 끝났다"(「순진한 삶」). "모두 마지막 페이지를 향해 가"(「카페 '편집'」)고 있다. 현세대 잔존하는 인간과 비인간이 지구상의 마지막 생명체들일 것이라는 인식이 팽배한다. 시집의 마지막 페이지에 이르러, 지난 시간을 다시 살려는 욕망으로 첫 페이지로 돌아가 펼치면, 시인의 예언이 눈에 들어온다.

당신은 나중에

태어날 거예요

불가해한 영혼을 지닌 채

바다로 뛰어드는

마지막 인간을

보기 위해

─ '시인의 말' 부분

당신은 누구일까. 인류 최후의 개체는 다른 생명체들에 뒤이어 생을 마감한 차이므로, 당신은 인간은 아닐 것이다. 전대미문의 새로운 생명종. 또는 태고로부터 존재했으나 인간이 인식한 적 없어 인간의 폭력을 피해 오로지 순진한 삶을 살아올 수 있었던 생명종. 그것에서 새로운 발생과 진화의 역사가 시작되기를 바란다면, 미래를 아직 포기하지 못하는 이 인간적 욕심은 죄책감에 속할까, 아니면 여전한 폭력인가. ▨